Leseexemplar

Zwei Jahre war Eva Corino auf den Berliner Straßen unterwegs und fragte Passanten: Was haben Sie in Ihrer Tasche? Viele haben sich eingelassen auf dieses Spiel, zeigten Harfensaiten, getrocknete Hasenpfoten, Tangoschuhe oder einen Fetzen Raufasertapete aus einer »echten« DDR-Wohnung. Dabei kam es nicht unbedingt auf die Originalität der Gegenstände an, sondern auf die Assoziationen, die sie auslösten. Eine Visitenkarte beschwor die Erinnerung an einen Teufelspakt herauf, ein Feuerzeug die an einen verlorenen Liebhaber. Eine Ausgabe von Freuds Traumdeutung ließ tief blicken. Und durch den Ausweis »Opfer des Faschismus« erfuhr die Autorin von einer Flucht aus dem Konzentrationslager Ravensbrück.

Aus den normalen, komischen, absurden, manchmal auch tragischen Splittern vom Leben hier und heute hat Eva Corino über hundert kleine funkelnde Porträts von Menschen in Berlin geformt.

Eva Corino, 1972 in Frankfurt am Main geboren, hat Philosophie, Germanistik und Romanistik studiert. Sie lebt in Berlin, ist Theaterkritikerin bei der *Berliner Zeitung* und hat im Frühjahr 2001 ihren ersten Lyrikband *Keine Zeit für Tragödien* im Berlin Verlag veröffentlicht.

Eva Corino

Das TASCHENbuch

*Eine Autorin geht durch
die Stadt und fragt: Was haben
Sie in Ihrer Tasche?*

Berliner Taschenbuch Verlag

Originalausgabe
Dezember 2001
BvT Berliner Taschenbuch Verlags GmbH, Berlin,
ein Unternehmen der Verlagsgruppe Random House GmbH
Alle Rechte vorbehalten
Fotos von Bendokat, Hempel, Stuchtey von privat
Foto von Eva Corino © 2001 Konstantin Nöhrenberg
Alle weiteren Fotos im Innenteil © 2001 Eva Corino
Umschlaggestaltung: Nina Rothfos und Patrick Gabler, Hamburg,
unter Verwendung eines Motivs von © stone/Nicholas Veasey
Gesetzt aus der Minion durch psb, Berlin
Lithographie: bildpunkt, Berlin
Druck und Bindung: Elsnerdruck, Berlin
Printed in Germany · ISBN 3-442-76004-6

Geheimnisträger der eigenen Existenz

Augen in der Großstadt. Augen, die dich ansehen, wegsehen, wieder ansehen. Über den Rand der Zeitung hinweg siehst du eine Stirn, Hände, irgendetwas, das deine Neugierde erregt. Nach drei S-Bahn-Stationen steigt dieser Mensch aus. Vielleicht flüstert er noch ein »Tschüss!«, bevor er zur Tür geht, so die Komplizenschaft veröffentlichend, die für die Dauer von acht Minuten bestand. Du hättest ihn ansprechen, etwas fragen können. Zu spät. Schon ist er im Menschengewühl verschwunden, im Donner der Züge, auf hochfahrenden Treppen. Was hatte er in seiner Tasche?

Manchmal sind Menschen nicht nur Verkehrsteilnehmer, sondern auch Geheimnisträger der eigenen Existenz. Dann werden die Dinge in ihren Taschen zu Requisiten für den stillen und ungestillten Monolog, den sie in jedem Augenblick halten. Was beschwingt ihren Gang? Woran haben sie zu tragen?

Taschen, Taschen, Taschen. Zwei Jahre lang habe ich in Taschen gesehen. Jacken- wie Hosentaschen. Taschen aus Leder, aus Plastik, aus Jute. Handtaschen von Prada, Rucksäcke von Eastpac, Tüten von Aldi. Taschen mit Henkeln, mit Riemen und Griff.

Es gab eine Zeit, in der ich wie ein Eigentlichkeitsapostel

immer von »Begegnung« gefaselt habe. Das war mein Lieblingswort. Wahrscheinlich, weil ich mich am lebendigsten fühle, wenn ich zuhören kann, wie ein Charakter sich eine Sprache prägt, wie ganze Schicksale aufblitzen in einer scheinbar belanglosen Einzelheit.

Die Kolumne, die ich für die »Berliner Zeitung« geschrieben habe, war ein Zufallsgenerator der Begegnung. Und die beiläufige Frage nach dem Tascheninhalt hat mir ermöglicht, Menschen eine Weile zu begleiten, zu erfahren, woher sie kommen und wohin sie gehen – meistens in einem ganz alltäglichen Sinn, manchmal in einem existenziellen. Mit Diktafon und Pocketkamera bewaffnet, bin ich durch die Straßen gestromert, habe Bekannte und Fremde angesprochen. Und nicht selten sind die Fremden durch das Interview zu Bekannten geworden. Die Beute der Eindrücke habe ich nach Hause getragen, die frohen, traurigen und verrückten O-Töne, die Lebensweisheiten und den blühenden Unsinn. Meine Arbeit bestand darin, das Gesagte zu transkribieren, die gefühlshellen Passagen einzukreisen und auf 50 Zeilen zu verdichten.

Wo mein »Jagdgebiet« war? In ganz Berlin und besonders rings um die Auguststraße. Da ist mein Kiez, da sitze ich im Waschsalon und verkürze mir die Wartezeit mit Gesprächen. Bei meinen ersten Streifzügen habe ich noch etliche Passanten angehalten, die müde abgewinkt haben. Im Laufe der Zeit aber habe ich vielleicht einen Blick bekommen für Leute, die mit der Tasche auch ihr Herz ausschütten oder jedenfalls ein bisschen öffnen, immerhin.

Dabei kam es nicht unbedingt auf die Originalität der Gegenstände an, sondern auf die Lust an ihrer Deutung – sei es nun eine Betkette aus Persien, Lavasand aus Stromboli, ein unveröffentlichter Roman oder eine Serie erotischer Katzenfotos. Eine Visitenkarte beschwor die Erinnerung an eine fatale Wette herauf, ein Feuerzeug die an einen verlorenen Liebhaber. Und durch einen Ausweis »Opfer des Faschismus« erfuhr ich von einer Flucht aus dem Konzentrationslager Ravensbrück.

Die Auguststraße liegt mitten in der neuen Mitte Berlins. Am Ende gibt es noch ein paar versprengte Plattenbauten, weiter vorne drängeln sich die Galerien, überbieten sich unzählige Cafés, Bars und Lounges mit immer raffinierteren Stilisierungen. Hier sitzen sie, die Erfolgreichen, erholen sich vom letzten kreativen Schub, rauchen Gauloises und verlangen mit einer matten Handbewegung nach einer Schale Milchkaffee. Es sind Künstler und Kunstvermittler, Projektleiter, Medienpartner, Werbeagenten und Eventdesigner, Architekten, DJs und Tangolehrer, Models und Unternehmer der New Economy.

Ich wohne ganz gern in dieser Gegend, obwohl sie sich zusehends in ein Disney World für kinderlose Besserverdiener verwandelt. Die Häuser werden in adrette Singlezellen zerteilt, die ärmeren Leute einfach wegrenoviert. Den »Motz«-Verkäufer Günther habe ich vor anderthalb Jahren in einer Notunterkunft für Obdachlose besucht. Heute befindet sich an derselben Stelle eine Produktionsfirma für Musikvideos.

Parallel zur Auguststraße verläuft die Torstraße, dort arbeiten die alteingesessenen Handwerker und Trödelhändler, die zuverlässige Uhrmacherin, der türkische Gemüseverkäufer und die Besitzer der exotischen Imbissbuden, die mein tägliches Überleben garantieren. Neben dem Beate-Uhse-Laden gibt es eine Garküche mit dem Namen »Schmeckt und Billig«, wo sich zur Nachtzeit jene Lebenskünstler versammeln, die frei nach Christoph Schlingensief Scheitern als Chance begreifen. Auch die religiöse Mischung ist pikant: Satanisten, Zarathustrajünger, Shivaverehrer, neoliberale Buddhisten und Kommunikationstrainer tummeln sich in unmittelbarer Nachbarschaft, seitdem Sozialismus und christliche Religion ihre Verbindlichkeit verloren haben.

Der Bruch zwischen August- und Torstraße wiederholt sich zwischen den Hackeschen Höfen und dem Alexanderplatz. Nur ein paar hundert Meter Luftlinie sind sie voneinander entfernt, und doch liegen Welten dazwischen. Nach den verregneten Samstagen vor den Kassen bei Saturn Hansa, über den Luftschächten des Kaufhof oder in dem unterirdischen Labyrinth des U-Bahnhofs bin ich immer ziemlich deprimiert nach Hause gegangen. Ich traf einen Mann mit wilden Haaren und gelben, sich langsam ablösenden Fingernägeln, der zwei Stunden lang auf mich einredete, um mir den Unterschied zwischen den Wursthäuten im Osten und im Westen Deutschlands zu erklären.

Es ist schwer, den Zusammenbruch eines Systems zu verkraften. Gelingt es, dann mag der Einzelne gestärkt und mit wachem Blick aus dieser Erfahrung hervorgehen. Gelingt es nicht, so kündet der Gestus der Sprache unbewusst von Verlust und Versäumnis. Als Wolfgang Klemm mir von dem Grundstück erzählte, das seine Familie an den westdeutschen Alteigentümer abtreten musste, war das wie eine dramatische Miniatur des »Kirschgartens« von Anton Tschechow.

Am Alexanderplatz sieht man viele, für die nach 1989

alles andere als eine goldene Zukunft begann: Losverkäufer, unglückliche Glücksritter, Abrissunternehmer und politische Agitatoren, arbeitslose Schauspielerinnen, Asylanten und Straßenkinder, die sich mit Alkohol und der Anhänglichkeit ihrer Hunde trösten. Vielleicht sind sie in ihren Erzählungen »kreativer« als diejenigen, die das Kreativsein zu ihrem Beruf gemacht haben. »Ick könnt was in mir reinschweigen, da träumt die Welt von«, sagte Hans Schwarz, nachdem er mir in dem winzigen Park an der Gipsstraße seine Geschichte erzählt hatte. Über diesen Satz kann ich mich heute noch freuen.

Wir haben eine Dose Bier zusammen getrunken, er hat sich schwankend auf sein Fahrrad geschwungen und Seemannslieder gesungen. Eines Nachts rief er mich an, in ziemlich angeheitertem Zustand. Nach einer Prügelei mit seiner Exfrau hatte er ein paar Monate im Gefängnis gesessen, und um das Taschengeld von Vater Staat ein bisschen aufzubessern, schlug er mir vor, seine Memoiren zu schreiben. »Du brauchst Stoff, Mädel! Und ick habe Stoff!«

Hans Schwarz hat mich angesprochen, als ich ein Paar gelbe Badeschlappen auf der Wiese drapierte. Ich brauchte ein passendes Foto für eine Schwimmbadbewohnerin, die anonym bleiben wollte. »Was machst'n da?«, fragte er, und nach einer knappen Erklärung entstand eine komische Fotoserie mit den Badeschlappen und einem weißen Handtuch, das Schwarz wie eine Toga zur Schau trug.

So kann es gehen. Oder so: »Dein Schuh ist offen!«, sagte ein Typ mit langen Rastalocken, als ich mit einem schweren Rucksack beladen vom Bahnhof kam. »Ich weiß. Aber ich kann mich nicht bücken«, erwiderte ich. Da kniete er sich auf den Asphalt, machte einen Knoten in meine Schnürsenkel und eine hübsch symmetrische Schleife. »Damit du nicht hinfällst!«, wir gingen eine Weile nebeneinanderher.

In der linken Hand schwenkte er einen Blumenstrauß aus dem Supermarkt, in der rechten eine blaue Kaffeekanne, die mit weißen Wolken bemalt war. Ein halbes Jahr später sah ich Robert noch einmal auf der Straße, diesmal fest entschlossen, ihn nach seiner Tasche zu fragen.

Leider werden die Berliner Originale immer seltener. Im vergangenen November traf ich Gertrud Rikus, die in einem Altersheim an der Max-Beer-Straße wohnte. Als ich neulich dort vorbeiging, sagte mir eine ältere Dame mit Hündchen: »Nee, die Frau Rikus, die is jestorbn.« Sie hatte nach dem Krieg als Prostituierte ihr Geld verdient und behauptet, nicht nur eine Nacht mit Erich Honecker überlebt zu haben.

Oft habe ich mich gefragt, ob ich nicht denselben Voyeurismus bediene wie die Moderatorinnen aus den Nachmittagstalkshows. Die sind ja darauf getrimmt, ihre Gäste so auszufragen und mit Schmeicheleien zu umgarnen, dass sie sich selbst aufs Peinlichste »verraten«.

Es gibt Taschen, die ich nicht geöffnet habe. Die Schamgrenze war nicht zu überspringen. Einmal sah ich zum Beispiel am Bahnhof Zoo eine alte Frau, die am Tresen der Espressobar vorbeischrammte und die Reste aus den Tassen schlürfte, diese winzigen schwarzbraunen Pfützen, die Reisende hatten stehen lassen. Sie schnappte sich auch die heruntergebrannten Zigaretten, rauchte zwei, drei hektische Züge, und zog dann weiter Richtung Nordsee-Restaurant, hob zwei Pommes auf oder angelte einen Tintenfischring aus der Remoulade. Ich folgte ihr eine halbe Stunde auf ihrer Umlaufbahn – sie trug einen weinroten Wintermantel, einen Wollhut in derselben Farbe und hätte gut eine Wilmersdorfer Witwe sein können. Aber alles war ein klein bisschen verrutscht, die Schuhe an der Ferse heruntergetreten …

Mein Taschenfetischismus hatte ein paar unverhoffte Nebenwirkungen. Ein namhafter Popliterat schrieb mir wütende Briefe, weil er sich falsch verstanden fühlte. Eine Dame in Geldnot wollte 500 Mark von mir erpressen. Ein junger Straßensänger aus Minsk, meine Schwäche für russische Lieder ausnutzend, wollte von mir versteckt werden. Er hatte sich als politischer Flüchtling ausgegeben, die Polizei suchte ihn. Andere haben sich gefreut, den Artikel ihren verlorenen Söhnen geschickt. »Damit sie mal sehen, wer ihr Vater ist.«

Man verletzt seine eigene Würde, wenn man die der andern missachtet. Ich habe versucht, Menschen zu zeigen, *ohne* sie bloßzustellen. Nichts ist unangenehmer als journalistische Häme, die sich als Ironie verkleidet. Wie sagt Georg Büchner? »Ich lache nicht darüber, *wie* jemand ein Mensch ist, sondern *dass* jemand ein Mensch ist, wofür er ohnehin nichts kann und lache dabei über mich selbst, der ich sein Schicksal teile.«

Das lateinische Verb »prominere« heißt »herausragen aus der Menge«. So gesehen sind für mich alle Taschenbesitzer Prominente, Helden für 50 Zeilen – mindestens! Früher habe ich das Spektakuläre bewundert. Ich habe meine Zeit und meinen Ort angeklagt und hätte mich doch selbst anklagen müssen, weil ich nicht fähig war, die Reichtümer des Alltags zu rufen. Die Tragödien ereignen sich nicht mehr im alten Griechenland, sondern im Haus nebenan. Die Geschichten liegen auf der Straße; sie haben zwei Beine, und gehe ich ihnen entgegen, kommen sie auf mich zu.

PS

Ich danke den Mitarbeitern der »Berliner Zeitung«, die diese Kolumne ermöglicht und seit März 1999 begleitet haben: Renate Rauch, Annett Heide, Marion Hughes, Robin Detje, Holger Reischock, Doris Oberneder und Christian Hoebbel. Den Bildredakteuren Sabine Sauer und Janni Chavakis danke ich für ihre Toleranz, wenn meine Fotos mal wieder »ein bisschen sehr unscharf waren«. Leider haben sie mich immer durchschaut, wenn ich meine Unfähigkeit in eine Ästhetik umzulügen versuchte: Das sei eben Trash …

Ich danke Konstantin Nöhrenberg für das Bild, das er von mir gemacht hat.

Vor allem aber danke ich denen, die mir frisch von der Tasche weg aus ihrem Leben erzählt haben, und verabschiede mich mit einem letzten, wehmütigen Täscheln – *Eva Corino*.

ICH BIN NASHA ABADIAN und gerade arbeite ich nichts. Ich habe auch ein schlechtes Gewissen deshalb, und dann denke ich, es ist in Ordnung. Sollen die andern ihr Leben im Büro verbringen. Ich nehme mir Zeit. Ich gehe spazieren, sehe Freunde. Ich lese viel, ich atme die Bücher ein und aus, ich schreibe.

In meiner Tasche habe ich eine Kladde, in die ich kleine Geschichten kritzele. (*Sie schlägt sie auf und blättert.*) Diese hier handelt zum Beispiel von einem Mann, der sein Geheimnis verloren hat, und von einem Vogel, der ihm sagt, dass er es suchen gehen muss. Es ist vielleicht ein bisschen kitschig. Aber es gibt auch Zeichnungen, siehst du? Sterne und Kringel und Zacken, die aus einer Krone gefallen sind.

Gerade habe ich einen kurzen Super-8-Film abgeholt, den ich in Südfrankreich gemacht habe. Es ist ein sonniger Tag, man sieht Mädchen, die auf einer Strandpromenade Rollschuh fahren. Manche essen Eis, ein dicker Junge fängt an zu weinen.

(*Sie sucht in der Tasche ihres roten Mantels, der am Ärmel etwas ausgerissen ist.*) Hier ist eine Feder, die ich am Strand von Sankt-Peter-Ording aufgehoben habe. Von Hamburg aus bin ich hingefahren, allein. Das Meer darf nicht in der Nähe sein, ohne dass ich den Fuß hineinstecke. Es war neblig, und ich habe mich verirrt. Stundenlang bin ich am Wasserrand entlanggewandert, die Flut kam, und ich hatte Angst. Diese Feder hielt ich in der Hand, bis ich die ersten Lichter einer Siedlung sah.

In der andern Tasche habe ich eine schwarze Betkette, die ich manchmal durch meine Finger gleiten lasse, um mich zu beruhigen. Ich bete nicht wirklich, aber trotzdem. Meine Eltern haben nach der Lehre des persischen Propheten Zarathustra gelebt. Er hat nicht viel gesagt, nur diese drei Sachen: Denk Gutes, sag Gutes, tu Gutes! Es ist unmöglich, dem zu folgen.

ICH BIN TOMMY, EINFACH TOMMY. (*Er greift in die Innentasche seiner schwarzen Lederjacke.*) Gerade habe ich die Fotos vom Einbruch abgeholt. Das waren so junge Kerle, die in das Restaurant meines Freundes eingestiegen sind und alles zerstört haben, die ganzen Schnapsflaschen runtergeschmissen, den großen Spiegel. Dabei müssen sie sich verletzt haben, denn überall auf dem Boden war Blut. (*Er zeigt unscharfe Bilder vom Tatort.*) Ich werde eine Ausstellung damit machen, hier in meiner Galerie in der Mulackstraße. Über dem Eingang steht »Vertrauen Sie Ihrem Galeristen!«.

Gerade habe ich Bilder von HP ausgestellt. Das ist ein

ganz genialer Maler, der HP, in seiner Sonnenblumenphase momentan. Am Sonntag machen wir eine Installation mit französischem Essen an einem Tisch, der mit schwarzem Latex bedeckt ist. Die Gäste werden gefilmt, während sie essen. Das wird ein Film über das Kauen und ein geiler Exzess.

Ich bin Künstler. Ich arbeite mit Film, aber auch mit anderen Materialien. Da bin ich wie Beuys in der Beziehung. Mir geht es eben darum, Innovationslösungen zu strukturieren, als Optionen fürs Auge. Ich bin auch mal Fernsehjournalist gewesen, hab n-tv mit aufgebaut. Das ist kein schlechter Job: Man braucht nur seinen Presseausweis hochzuhalten und schon fragen die Leute, ob man was essen will.

(*Er zieht ein samtenes Haarband hervor.*) Das hat mir eine wunderschöne Frau geschenkt. Im Bett. Sie hatte sehr langes Haar, blond, rotblond. Leider ist sie nach Australien ausgewandert. Ich habe das zufällig in der Tasche, weil ich die Hose seit ungefähr einem halben Jahr nicht mehr anhatte. In der andern Hosentasche habe ich hundert, nein, zweihundert und zehn Mark. Welche Beziehung ich zum Geld habe? Keine, es ist einfach da. Manche machen eben Karriere und ich lebe.

MEIN NAME IST KONSTANTIN GINELLI. Und in der Tasche habe ich die Visitenkarte einer Frau, die ich jetzt zum zweiten Mal getroffen habe. Ich hatte sie ganz aus den Augen verloren, aber die Wette habe ich nicht vergessen. Auf der Karte stehen ihr Name und ihr Beruf. Sie ist PR-Managerin und arbeitet gerade an einer Kampagne für eine der politischen Parteien in Berlin. Über der Handynummer steht die Adresse von einem Jagdschloss in der Mark Brandenburg. Sie ist sehr reich, daran besteht kein Zweifel.

Das erste Mal habe ich sie auf dem Fest eines Freundes getroffen. Wir kamen ins Gespräch, und sie erzählte von der Hochzeitsnacht mit ihrem muslimischen Mann, von dem sie längst wieder getrennt ist. Da sie keine Jungfrau mehr war, musste sie einen kleinen Beutel mit roter Flüssigkeit zwischen ihre Beine stecken und ihn im richtigen Moment platzen lassen, um die Großfamilie zufrieden zu stellen, die das Bett umstellt hatte. Ihrem Mann fiel es sehr schwer, in dieser Lage mit ihr zu schlafen.

Da ich schon etwas betrunken war, machte ich ein paar blöde Sprüche und sagte, dass das für mich kein Problem gewesen wäre. Daraufhin sagte sie, dass sie mir ein Leben lang Unterhalt zahlen würde, sollte ich es schaffen, vor etwa fünfzig Leuten eine halbe Stunde lang Geschlechtsverkehr zu haben.

Ich habe immer davon geträumt, einen persönlichen Sponsor zu finden, der mir Geld gibt, einfach so, weil er mich geistreich findet und besonders. Das ist hier nicht so, trotzdem geht mir diese Wette nicht aus dem Kopf. Und seitdem ich an sie denke, habe ich jede Lust am Sex verloren. Ein Freund hat die Wette scherzhaft mit einem Teufelspakt verglichen. Und als ich die Frau heute wieder traf, sagte sie lachend, dass ich mir bis zum 8. 8. 2008 Zeit lassen könnte. Sie hatte etwas Abgeklärtes, Freundliches. Und als sie wegging, sah ich, dass sie ein kürzeres Bein hat.

ICH BIN SIMONETTA und fahre gleich in die Philharmonie. Ich hab nicht so viel Zeit. Der Taxifahrer wartet, die Uhr läuft, und wir müssen noch die Harfe in den Kofferraum laden. (*Sie öffnet ihre schwarze Umhängetasche.*) Ich habe einen Notenständer dabei, einen Stimmschlüssel und Harfensaiten. »Garantiert zylindrisch rund und quintenrein, klangvoll, geprüft auf größte Haltbarkeit.« So steht es auf der Verpackung. Trotzdem kommt es vor, dass mitten im Konzert eine Harfensaite reißt. Dann muss ich schnell eine neue aufziehen und die Enden mit der Zange abknipsen. (*Sie zückt eine Zange mit rotem Griff.*)

Für diesen Auftritt habe ich ein ganz langes Kleid angezogen, weil Frau Hohenfels sich letztes Mal beschwert hat, dass ich zu viel Bein zeige. Sie organisiert die Konzerte und sieht aus wie Heinos Großmutter: Mit schwarzer Brille und blondiertem Haar. Ich bin schon aufgeregt, weil ich die Blumenwalzerkadenz aus der Nussknackersuite von Tschaikowsky spielen muss. Das ist ein schwieriges Solo, und ich hatte nicht viel Zeit zu üben, weil ich gerade erst aus Italien gekommen bin.

In meiner Jackentasche ist immer noch Lavasand aus Stromboli. Wir waren da mit einer Gruppe von zwanzig Leuten, um den Geburtstag eines Freundes zu feiern. Er ist Feuerkünstler und hat sich gewünscht, dass wir zusammen auf dem Vulkan tanzen. Leider war Nebel in der Nacht vor seinem Geburtstag, so dass wir die Ausbrüche nicht sehen konnten.

Heute habe ich einen Liebesbrief bekommen von einem Typen, der auch auf Stromboli war. Er heißt Peter Liebe und ist die ganze Zeit um mich herumgeschlichen. Vielleicht hab ich den Brief dabei. Moment! (*Suchend.*) Nein, doch nicht. Weißt du, wie er mich genannt hat? Grazie! Er ist ziemlich klein und ziemlich dick und schreibt seitenlang, um mich mit seiner Rhetorik zu beeindrucken. Zum Schluss steht dann: In Liebe dein Liebe. – Aber jetzt muss ich wirklich gehen!

MEIN NAME IST DIETER FALK. Und in der Tasche habe ich einen Plan für den heutigen Tag. Ich war schon in der Bibliothek und habe mir einige Sachen herausgeschrieben aus dem Buch »Die Jagd nach Energie«. (*Er öffnet die Stofftasche und schaut, sich vergewissernd, auf die Exzerpte.)* Das ist ja ein sehr relevantes Thema, und jetzt habe ich endlich Zeit, mich damit zu beschäftigen. Seit drei Jahren bin ich in Rente, seit drei Jahren kann ich tun, was ich will. Ich war in der Senatsverwaltung angestellt und habe Löhne berechnet – vierzig Jahre lang!

Ich selber habe einen ganz guten Lohn bekommen, aber ich fühlte mich eingesperrt wie in einem Karnickelstall. Jetzt bin ich frei und kann »rumstrunzen«, wie man so sagt. Ich stehe jeden Morgen um fünf Uhr auf, um alles nachzuholen, was ich versäumt habe. Ich denke, dass ich 500 Jahre alt werden könnte, ohne je an das Ende meiner Forschungen zu gelangen. Schon eine Stadt wie Berlin ist ein unerschöpflicher Gegenstand, auch wenn ich jeden Tag in alle Himmelsrichtungen aufbreche, um etwas über sie zu lesen oder zu erfahren.

Früher habe ich mich viel um meinen Sohn gekümmert. (*Er zeigt Passfotos, wo ein kleiner braunhaariger Junge sich an seinen Hals schmiegt.*) Er liebte es, wenn ich den Ofen schürte; stundenlang haben wir ins Feuer geschaut. Jetzt hat meine Frau das Sorgerecht und ich die Unterhaltspflicht. Ich habe ihn das letzte Mal im Herbst gesehen.

(*Er öffnet eine Plastiktüte.*) Gerade habe ich ein Buch gekauft über Flugzeuge. Das schenke ich einem Freund, der sich für das Fliegen interessiert und überhaupt für alle Formen des Verkehrs. Wir sprechen oft darüber. Ich habe jetzt auch angefangen mit Aquarellmalerei, allerdings noch nicht mit der Nasstechnik. Am liebsten male ich Landschaften und Züge, die sie durchqueren.

LISA BOCK HEISSE ICH und in meiner Handtasche habe ich ein selbst gehäkeltes Spitzentaschentuch. Ich bin Gastwirtin und habe zwei Jahre die Landwirtschaftsschule besucht. Da

habe ich auch häkeln gelernt, nähen und weben. Das ist jetzt ein eher einfaches Muster, ich habe schon viel schönere Sachen gemacht.

Was habe ich denn noch hier? Ein Odol-Mundspray, das ist ganz wichtig. Ein Reinigungstuch für meine Brille: Alles klar! Und ein Lippenstift von Jade, ich mach die rosarote Farbe. Mein Sohn Käthe meint, ich mach da ein bisschen viel drauf, aber ich mach das leiden.

Das ist der Schlüssel zu seiner Wohnung, den hat er mir gegeben. Falls wir unterwegs sind und er trifft ein paar Freunde, mit denen er noch ein Gläschen trinken will, und die Mutti will das nicht mehr. Ich bin ja schon 74, obwohl ich noch alles mitmache. Als ich ihn das erste Mal in Berlin besucht habe, sind wir in einen Club gegangen und haben diese bunten Cocktails getrunken. Der Mann, der an der Theke stand, hat mir den einzigen Hocker gegeben, den es gab. Und da thronte ich dann auf diesem roten Hocker und habe einen Cocktail nach dem andern probiert. Gegen fünf Uhr früh hat Käthe dann gesagt: »So, Mutti, jetzt wollen wir mal nach Hause!« – Aber ich war noch gar nicht müde. Als wir dann gegangen sind, haben wir die ganze Zeit gekichert und die Schultern so aneinander gelehnt. Das war schön!

Das hätte ich nicht gemacht, wenn mein Mann noch leben würde. Er konnte das nicht verstehen, wenn die Schwiegersöhne mit ihren dunklen Anzügen kamen und der Käthe kam mit seiner grünen Latzhose aus Berlin. Diese Sache mit dem Schaufenster am Hackeschen Markt, als er da vier Monate gelebt hat vor aller Augen. Das konnte er nicht verstehen.

Wir haben eine Gastwirtschaft gehabt in Eckernförde, und nach 35 Jahren Arbeit haben wir sie verkauft und uns ein Haus gebaut in der Nähe der Ostsee. Und als alles eingerichtet war, ist mein Mann gestorben: Herzschlag.

DAS IST MEINE TOCHTER VRINDA VANESHVARI. Das bedeutet: Die Königin vom Vrindawald. Mein Name ist Radha Dasyam. Das bedeutet: der Diener der Radha, also der weiblichen Kraft Gottes. In meiner Tasche habe ich Einladungskarten zur »Vaisnava Academy«, täglich gibt es Meditationsveranstaltungen, vegetarische Kochkurse und Kurse in

Druckgrafik. Die Einladungskarten habe ich selbst gedruckt, meine Frau leitet den Kochkurs. Aber das Kochen ist nur ein möglicher Weg, mit den geheimen Lehren der Veden vertraut zu werden.

Hier habe ich eine Postkarte, auf der die Seelenwanderung dargestellt ist: Es ist dieselbe Seele, die im Kind wirkt, im Mann, im Greis, im Skelett, im Samen und wieder im Kind. Auf der Rückseite sieht man die verschiedenen Inkarnationen des Gottes Shiva. In der Mitte zeigt er sich in seiner ursprünglichen Gestalt, als Hütejunge, der die Flöte spielt. Und an den Rändern verwandelt er sich in einen apokalyptischen Reiter, einen Riesen oder einen Eber, der die Erdkugel aus dem schlammigen Meeresgrund hervorwühlt. Dort war sie hingefallen, an einen unreinen Ort.

Ich bin im Osten aufgewachsen, meine Eltern waren völlig unreligiös. Irgendwann hab ich jemanden getroffen, der mir die Bhagavad Gita geschenkt hat. In Indien habe ich in einem Tempel gelebt. Das war eine tolle Erfahrung mit tollen Persönlichkeiten. Da hab ich auf einmal kapiert, dass der Mensch nur in der Liebe zu Gott zufrieden sein kann. Dass er nur so in sich zentriert ist, ne?

Denn in der Liebe zu anderen Menschen kann er die eigene Unvollkommenheit nur durch die Unvollkommenheit des anderen ergänzen. Und irgendwie suchen wir doch alle nach Vollkommenheit oder nicht? (*Unter Vrindas Rock bildet sich eine kleine Pfütze, sie schaut ihren Vater fragend an.)* Willst du nach Hause gehen? (*Vrinda nickt, er nimmt sie sanft auf den Arm und geht.*)

ICH HEISSE CHRISTIAN KÖHLER und arbeite aushilfsweise in der Heimatstube am Potsdamer Platz. Der Job wurde mir gestern erst vermittelt, und deshalb musste ich mich beeilen, um heute früh pünktlich zu kommen. In der Eile ist mir ein Schnürsenkel gerissen, den Rest trag' ich jetzt in meiner Jackentasche. Der Knopf hier ist vor ein paar Wochen abgesprungen, bin noch nicht dazu gekommen, ihn wieder anzunähen.

Die Lederjacke ist von meinem Vater aus den siebziger Jahren. Es gibt keinen Tag, an dem ich sie nicht trage. Ich mag die siebziger Jahre, die Musik und die Filme und die ganze Einstellung. Ich hab mich auch einmal sehr für die RAF interessiert und für die Revolutionäre dieser Zeit. Wie kann man heute noch Revolution machen? Das hab ich mich immer gefragt. Dann las ich etwas über die Figur des Harlekins. Und da wusste ich plötzlich: Meine Revolution ist die Lachende …

Das hier sind Adressen der studentischen Jobvermittlung

und Etuis von Kreditkarten, die längst eingezogen worden sind, eine Mahnung für die unbezahlte Miete einer Wohnung. (*Lachend.*) Du siehst, ich habe immer Geldprobleme. Hier der Leihschein aus der Bibliothek, wo draufsteht, dass ich »Der Einzige und sein Eigentum« ausgeliehen habe. Von Max Stirner. Seine Egoismustheorie finde ich sehr schlüssig, und wie er halt meint, dass der Einzelne der Welt nicht ausgeliefert ist, sondern etwas machen kann.

In meiner Innentasche trage ich den Brief eines Freundes, der auch in meiner Band spielt, die heißt: »Dudu und sein Trupp«. Der Name ist bei der Armee entstanden. Da hab ich zu ihm gesagt: »Du kannst froh sein, dass du du zu mir sagen kannst.« (*Er faltet den Brief auf und überfliegt ihn.*) Hier widerlegt er meine Egoismustheorie und schreibt, dass er an die Gemeinschaft glaubt. Was der Einzelne macht, muss in der Gemeinschaft aufgehen. Erst dann gibt es Freiheit, irgendwie.

MEIN LEBEN IST FÜR VIELE MENSCHEN EIN RÄTSEL.
Seit zwanzig Jahren verbringe ich jeden Sommer in diesem Schwimmbad. Ich komme am Morgen und gehe am Abend, und immer liege ich hier auf dieser Bank. Ein Mal am Tag schwimme ich und stelle meine Badeschlappen an den Beckenrand. Meine Tüte habe ich eben mit Wasser gefüllt, damit die gelben Blumen nicht welken. Diese Blumen wuchsen in einer Ritze zwischen den Steinen. Ich konnte sie sehen, wenn ich auf meiner Bank lag und die Augen öffnete. Der Gärtner hat sie rausgerissen und auf den Haufen geschmissen, wo das geschnittene Gras liegt.

Meine Tasche ist leer, weil ich alles ausgepackt habe: Die Thermoskanne mit dem Tee und die Tubberdose mit dem Salat. Wenn ich nicht esse, lege ich das lange Handtuch auf die Dose und lehne meinen Kopf daran. Das ist eine bequeme Haltung, um zu lesen. Gerade lese ich einen chinesischen Roman, der nicht besonders interessant ist. Der Autor sieht das Glück der Frau allein in der Ehe und heiligt die Mutterschaft. Ich  habe keine Kinder, von meinem Mann bin ich geschieden, aber ich verwöhnte und verwöhne mich in dieser schönen Stadt Berlin.

Die chinesischen Autoren von heute denken sicher anders über die Frau. Aber ich weiß es nicht, ich bin schon so lange fort von dort. Als ich wegging mit 26 Jahren, durfte man noch keinen Bikini tragen. Aber im Bikini ist man der Sonne am nächsten, nicht? Und ich bin Sonnenanbeterin von Beruf. Unter das Handtuch lege ich meine Kleider, und wenn der Himmel sich bedeckt, ziehe ich mir etwas über. Oder wenn die Kinder kommen, die mich mit Kaugummis bespucken.

Manchmal habe ich Angst, dass mein Mann mich beschatten lässt. Er will keinen Unterhalt mehr zahlen und dem Anwalt beweisen: Sehen Sie, meine Frau liegt den ganzen Tag auf der faulen Haut, sie kann arbeiten, aber sie will nicht! Deshalb kann ich auch meinen Namen nicht sagen, aber er beginnt mit B.

IN MEENER HOSENTASCHE hab ick zwee Schachteln Zijaretten, die werden noch alle heute. Aber die koof ick bei de Fidschis, da sindse nich so teuer. Ick hab schon anjefangen zu

rauchen, wie ick zehn war, damals im Heim. Dit Portemonnaie hab ick noch einjesteckt, da is mein Ausweis drinne. Hans Schwarz heeß ick, na ja streng jenommen ja Gaspard. Meene Mutter hat sich in 'n Franzmann verliebt im Krieg und is mit ihm mitjejangen.

Aber seine Eltern hamse abjelehnt, und irgendwas andres muss det ooch noch jewesen sein. Jedenfalls hatse die zwee Görn dajelassn und is zu Fuß nach Hause jeloofen. Een Jahr soll se unterwegs jewesen sein, und wie se ankam bei ihre Eltern in Neustrelitz, da war se nich mehr janz bei sich. Und dann bin ick ooch noch uff die Welt jekommn. Det war 1950. (*Er deutet auf das Datum in seinem Ausweis.*)

Meine Mutte is dann in so 'n Heim jekommen, da isse immer noch. Ick hab se mal besucht, wie ick älter war. Wer mein Vater war, konnt se nich sagen. Vielleicht isses ja der Herr Gaspard. Ick hab mal so 'n kleenes Passbild von seinem Sohn jesehen, der sah 'n bisschen aus wie icke. Ick wollt ihn mal besuchen, war auf der französischen Botschaft Untern Linden. Da ham zwei Männer jesagt, ick soll mal mitkommen. Und dann saß ick beim Verhör, und der eene hat mir immer mit'm Finger an die Stirn jetippt, wie heeßt es so schön: Steter Tropfen höhlt den Stein. Da hab ick mit'n Füßen den Tisch umjestoßn, und dann hat's Fäuste jehagelt. Und dann saß ick sechs Wochen im Knast.

Da musst ick dran denken, dass ick selber eenen Knast hochjezogen hab. Ick hab Maurer jelernt und nach der NVA für die Stasi jebaut. Ick war ja noch 'n junger Mensch. Nach der Wende hab ick mich selbstständig jemacht, und jetze leb ick von Sozialhilfe. Aber ick bin een Stehaufmännchen, wie oft ick schon am Boden war. Weeßte, ick bin sonst niemand, der so viel quatscht. Ick kann was in mir reinschweigen, da träumt die Welt von.

WOLFGANG KLEMM IST MEIN NAME. (*Er öffnet seinen dunkelgrauen Aktenkoffer.*) Ich gebe Computerkurse an der Volkshochschule. Zwischen den ganzen Handbüchern und Disketten habe ich Fotos von dem Haus, das ich mir baue. Immer, wenn ich ein paar Tage frei habe, fahre ich raus und arbeite am Innenausbau. An der Südseite stehen vier Bäume, die habe ich noch ausgegraben in Zeuthen. Dort hatten meine Eltern einen Garten mit alten Obstbäumen. Kirschen haben wir geerntet, Birnen, Pflaumen und Augustäpfel, die haben so lecker geschmeckt. Als kleener Piefke hab ich den ganzen Tag da dringelegen in den Zweigen. Und jetze hab ich noch Apfelmus im Keller, das wir damals eingekocht haben.

In der DDR konnte man ja nicht so reisen, da haben wir jedes Wochenende dort verbracht und jeden Sommer. Mit meinem Vater habe ich ein kleines Gartenhaus gebaut und einen Schuppen. Das hat fast ein Jahrzehnt gedauert, weil das Material so schwer zu bekommen war. Aber dann haben wir da auch gewohnt, in der »Straße der Freiheit«.

Nach der Wende kam der eingetragene Besitzer des Grundstücks, der Filialleiter einer Bank war. Das weiß ich noch, wie er angefahren kam mit einem neuen Mitsubishi Space Wagon. Er dachte, er könnte uns das Auto geben, und dann verschwinden wir von dem Grundstück. Wir wollten das nicht, aber den Preis von 300 000 Mark konnten wir natürlich nicht aufbringen.

Wir haben dann verkauft, eine Abfindung bekommen, aber wie will man sich abfinden mit dem Verlust eines Gartens, den man fast vierzig Jahre lang gepflegt hat? Ich habe gehört, dass der Banker seit seiner Pensionierung in Schweden lebt und nur selten nach Zeuthen kommt. Das Laub aufzusammeln und das Obst zu ernten, das war ihm zu anstrengend gewesen. Deshalb hat er die Bäume einfach gefällt.

ICH BIN YASMIN AWWAD UND GEHE ZU MEINEM VATER SAMIR. Er hat ein Restaurant und ist selten zu Hause. Gestern habe ich ein Gedicht geschrieben und auf sein Kopfkissen gelegt, damit er es findet, wenn er nachts von der Arbeit kommt. Er hat sich sehr gefreut, und ich sollte es noch einmal abschreiben, weil er es in die Speisekarte legen will. In Deutsch hatten wir die Hausaufgabe, ein Gedicht über Götz von Berlichingen zu schreiben. Ich habe mich lustig gemacht über seine eiserne Hand und war dann so in Schwung, dass ich nicht mehr aufhören konnte mit dem Reimen.

»Ein viel beschäftigter Mann / siedelte sich in der Auguststraße an. Aus einer ehemaligen Galerie schuf er das Restaurant BACCANALI. / Die Gerichte hat er selbst erdacht / und werden selbstverständlich hausgemacht. / Der Chefkoch hält, was er verspricht, / und zaubert immer ein delikates Gericht. / Das Ambiente ist behagend / und sorgt für einen gemütlichen Abend.« (*Sie unterbricht sich und lächelt.*) Das ist dichterische Freiheit! »Also, wenn Sie mal wieder Lust zum Ausgehen haben, / dann kommen Sie doch in seinen Laden.«

Ich bringe ihm die Reinschrift und das Päckchen Hefe, das er für die Flammkuchen braucht. Immer freitags und samstags sitze ich mit meiner kleinen Schwester Janina am Tisch und streite, weil sie die leckersten Sachen von meinem Teller klaut. Vorhin mussten wir so lachen wegen Tequila. Das ist unser Meerschweinchen. Wir hatten erst ein anderes, Sherry, das ist dann gestorben. Wir haben es in aller Feierlichkeit im Garten begraben und uns dann ein neues angeschafft, eben Tequila. Unserem Vater haben wir nichts gesagt, weil er eigentlich keine Haustiere mag. Und dann ist er in mein Zimmer gekommen und hat gesagt: »Yasmin, das Meerschweinchen ist krank. Es hat so komische Flecken bekommen.« Da war Sherry schon drei Monate unter der Erde.

»*FRIDOLIN, DER HODENLOSE, TRÄGT VON FREY DIE LODENHOSE.*« Ich bin zwar nicht Fridolin, sondern Michael Poschmann, trage keine Loden-, sondern eine Lederhose, aber der Spruch gefällt mir. Eigentlich hab ich keine Schwäche für Trachtenmode. Aber als ich diese Hose im Laden anprobierte und die saß wie Arsch auf Eimer, dachte ich: Warum eigentlich nicht?  Ich habe schon die wildesten Komplimente bekommen, von Männern und von Frauen. Meine damalige Freundin ist inzwischen nach Bayern gezogen. Immer, wenn ich über das Leder streiche, denke ich mit Wehmut an Sabine.

In meiner Tasche ist ein Schweizer Messer, und zwar eins mit vier Funktionen: Schere, Nagelfeile, Zahnstocher und Pinzette. Gestern hat sich meine fünfjährige Tochter eigenhändig einen Splitter aus dem Fuß geschnitzt. Sie kam zu mir gelaufen und sagte nur: »Papa – Messer!« Nach der Operation wollte sie zur Belohnung meine Zauberkugel haben. (*In der geöffneten Hand liegt eine silberne Kugel, die mit*

Rubinen besetzt ist.) Wenn man sie dreht, klingt es im Innern. (*Er hält die Kugel ans Ohr und lauscht.*)

So eine Kugel hab ich auch meinem besten Kunden geschenkt – von wegen Innehalten im stressigen Alltag! Ich bin Event Designer und entwerfe gerade das Rahmenprogramm für einen Kongress. 600 Manager kommen mit ihren Frauen für eine Woche nach Berlin. Wir zeigen ihnen das Scheunenviertel, veranstalten ein Essen in der Gemäldegalerie, ein Feuerwerk über dem Wannsee und eine große Party im Hamburger Bahnhof. Es geht uns darum, Kommunikationsanlässe zu schaffen.

ICH BIN JULIA DIEHL. In meiner Tasche ist ein Model-Buch. Ich komme gerade von einem Casting, es ging um die Leipziger Modemesse, und ich hab den Job. Ich mag es, auf dem Laufsteg zu sein, aber es ist eher selten, dass sie mich als Kleine laufen lassen. Die meisten Jobs sind Fotos für irgendwelche mittelmäßigen Zeitschriften. Und die meisten Fotos sind auch mittelmäßig, die haben nichts mit mir zu tun.

Vor der Kamera stand ich das erste Mal mit 16 Jahren. Als die Bilder dann veröffentlicht wurden, haben die Jungs in meiner Klasse sie unter den Bänken angeschaut und dumme Sprüche gemacht. Ich hatte einen Badeanzug an und so alberne Spängchen im Haar. Damals habe ich mir geschworen, so etwas nie wieder zu machen.

Aber jetzt mache ich es doch, weil ich mein Studium irgendwie finanzieren muss. Ich studiere Politikwissenschaft und Journalistik. In der Universität halte ich es möglichst geheim, dass ich nebenbei als Model arbeite. Ich habe keine Lust, von den Professoren auf meinen Körper reduziert zu werden. Furchtbar finde ich an diesem Job, dass man nichts essen kann, obwohl ich es trotzdem tue! Furchtbar finde ich auch, dass man unendlich viel Zeit verschwenden müsste, wenn man es richtig machen wollte: Zu Partys und Castings rennen, sich stundenlang zurechtmachen, warten und dann abgelehnt werden. Deprimierend! Ich kenne viele junge Frauen, die sehr viel mehr in diesen Beruf investieren, als sie durch ihn verdienen.

Eigentlich will ich Journalistin werden. Vor einiger Zeit habe ich ein Praktikum bei der »Bild« gemacht, in der Polizeiredaktion. Ich kann mich noch an meine erste Schlagzeile erinnern: »Dem Taxifahrer Matthias Schatz wurde das Ohr abgebissen.« Ich musste dann nach der Beschreibung des Opfers ein Phantombild zeichnen, das auch gedruckt wurde. Aber vom Täter fehlt noch immer jede Spur.

ICH BIN OLIVER PRESTELE, habe immer eine Digitalkamera bei mir und mache etwa fünfzig Aufnahmen pro Tag. So führe ich eine Art digitales Tagebuch. In meiner Tasche habe ich eine selbst entworfene Broschüre über die Herstellung und den Genuss von Ramen. Ramen, das ist eine köstliche Nudelsuppe mit Fischkuchen und Algenblättern, die in Japan an jeder Straßenecke verkauft wird. In meiner Broschüre sind Rezepte, kleine Porträts und ein erotischer Comicstrip zum Thema: Liebe geht durch den Magen.

Das hier ist ein Foto des Nudelmachers Matsumoto San, der an der unendlichen Vervollkommnung seiner Nudeln arbeitet. Diese Metaphysik der Qualität, die gefällt mir! Er hat eine ganz kleine Manufaktur und beliefert einen Ramenladen in Tokio. Nach meinem Studium an der Hochschule der Künste wollte ich nichts mehr zu tun haben mit den Oberflächlichkeiten des Industriedesigns. Die Frage, die wir uns immer wieder stellen müssen, ist doch: Was sind die wahren Bedürfnisse des Menschen?

Als ich zum dritten Mal in Japan war, dachte ich: Ramen, das ist für mich ein Archetyp von Essensaufnahme. Den Japanern schmeckt es nicht, wenn sie die Suppe nicht schlürfen dürfen, wenn der Mund nicht an der Schüssel hängt und die Nudeln durch das Wasser gezogen werden. Das ist wie an der Mutterbrust zu saugen.

Die Deutschen müssen alles immer schneiden und kauen und tun, die Japaner müssen das nicht. Im Dezember habe ich in Berlin-Mitte den ersten deutschen Ramenladen eröffnet, und zwar im »Schwarzen Raben«. Die mobile Küche und den Tresen habe ich selbst gebaut, spezielle Zutaten bestelle ich per Internet direkt in Japan. Ein paar japanische Freunde helfen mir beim Kochen, eine Dragqueen – als ironische Variante der Geisha – sorgt für gute Atmosphäre. Sie lächelt, redet ein bisschen mit den Leuten und schenkt Sake aus.

MEIN NAME IST GABRIELE WIRSIG. Ich bin Kosmetikerin von Beruf. In meiner Tasche habe ich ein Notizbuch, wo ich die Ingredienzen bestimmter Präparate hineinschreibe: Polyäthylen und andere schädliche Konservierungsstoffe. Es gibt

so viele Menschen mit Allergien heutzutage, dass ich nur Naturkosmetika verwende und auch selbst darauf achte, mich gesund zu ernähren: Möhren, Möhren, Möhren! Und Petersilie!

Dann habe ich schöne Tücher dabei, aus Seide und handbemalt mit Fantasiemotiven, das macht eine Freundin von mir. Heute habe ich mit zwei Boutiquen gesprochen, ob sie die Tücher nicht in Kommission nehmen wollen. In der Seitentasche ist mein Beautycase, denn in meiner Stellung ist ein gepflegtes Äußeres selbstverständlich. Wenn ich so überlege, dann hat sich meine Freude an Farben und Stoffen schon früh angekündigt.

Ich war immer ein braves Schulkind, hatte in den ersten Klassen keinen Eintrag, und meine Eltern wurden auch nie benachrichtigt. Nur ein Mal stand ein Tadel in unserem Klassenbuch: Gabi malt sich die Lippen rot! – In der DDR war das sehr verwerflich für ein siebenjähriges Mädchen. Mit siebzehn habe ich trotzdem angefangen, mich regelmäßig zu schminken. Und später habe ich nie das Haus verlassen, ohne es zu tun. Auch, wenn ich nur den Müll rausbringen musste, habe ich mich vorher frisiert und zurechtgemacht.

Damals waren diese grellen Farben modern: hellblauer Lidschatten, der Lippenstift pink und dann mit dem schwarzen Kajal die Augen umrandet. Das waren alles kalte Farben, die gar nicht zu meinem Typ passen. Denn ich bin ein Herbsttyp, und mir stehen eigentlich die warmen Farbtöne: Gelb, Orange, Rot und Braun. Auch interessiert mich inzwischen nur jenes Make-up, das dezent die gelungenen Partien hervorhebt und die weniger gelungenen zurücknimmt.

ICH BIN CHARLIE, der Losverkäufer vom Alexanderplatz. In meiner Jackentasche sind heute nur die gezogenen Gewinne, die werden gesammelt, bis die Abrechnung fertig ist, und die bekommt dann mein Chef. Die andern Sachen sind in der Schublade unter meinem Tisch: Die Standortgenehmigung für meine Bude, Rollpapier für die Markstücke und eine Tüte mit Bonbons für die Kinder, die nichts gewonnen haben – zum Trost. Dann müssten da noch irgendwo Batterien sein für mein Radio. Am liebsten höre ich Klassik: Mozart und Beethoven, Bach und Vivaldi.

Ich rufe aus, ich unterhalte mich mit den Leuten: Manche sagen, ich habe eine angenehme Stimme. Und da die Lotterie für einen guten Zweck ist, kommen nicht nur Kunden, die Geld brauchen, sondern auch welche, die helfen wollen. Gerade verkaufen wir für den Zoologischen Garten. Und da rufe ich immer: »Für eine Mark können Sie heute tausend Mark gewinnen. Und bei zehn Losen schüttelt Ihnen der Gorilla persönlich die Hand!«

Ich selbst spiele eigentlich kein Lotto, sondern Turnierskat. Bei der letzten Weltmeisterschaft sind wir in der Mannschaft Vizemeister geworden und im Einzel war ich siebenter. Das ist für mich Glück: Bei den Turnieren ganz vorne zu landen, dem Alter entsprechend gesund zu sein und auf Reisen zu gehn.

Seit ich fünfzig bin, bekomm ich meine Rente, und weil ich mehr Lose verkaufe als die andern, kann ich's mir leisten,

jedes Jahr drei Monate unterwegs zu sein. Ich war schon in allen Teilen dieser Erde, Japan würde mich noch reizen, eine Kreuzfahrt durch das Nordpolarmeer. Fotos mache ich keine mehr, ich hab das lieber, wenn ich mich über den Moment freue. Gerade waren wir mit dem Skatverein in Paris, in diesem teuren Ding, wie heißt das noch mal, etwas mit M ... Montmartre, nee ... Mollin Ruusch. Da wurde das Glas Wein bei jeder Runde teurer.

Es ist kalt geworden, finden Sie nicht? Aber meine Füße

sind warm, ich hab eine Gasheizung unterm Tisch. Im Dezember verkleide ich mich manchmal als Weihnachtsmann, und letztes Jahr hat der rote Mantel auf einmal Feuer gefangen. Da bin ich rüber zur Würstchenbude gerannt, und zum Glück hat die Verkäuferin mir geholfen, die Flammen auszuklopfen.

ICH BIN'S NOCH MAL, CHARLIE, DER LOSVERKÄUFER und Turnierskatspieler aus Ostberlin. Ich wollte noch sagen, dass ich nicht spielsüchtig bin. Ich kann auch mal ein paar Tage und ein paar Wochen ohne aushalten, also wenn ich nicht spiele. Und eine Bitte hätte ich, wenn man es diplomatisch reinschreibt ... ich ... ich suche eine Reisebegleiterin, die mich auf meinen vielen Reisen begleitet ... könnten Sie das reinbringen? Also eine Lebenskameradin, die mich auf meinen Reisen begleitet ... in dem Sinne ... das wäre nicht schlecht! Die Jahrtausendwende könnten wir zusammen auf den Galapagosinseln verbringen. Ja, das wäre wohl das Wichtigste.

Dass ich Akademiker bin, haben Sie geschrieben? Montanwissenschaftler, jahrelang im Uranbergbau tätig? Dann bin ich auch, wie gesagt, überall als Spaßvogel bekannt. Mit mir kann man Pferde stehlen. Aber wenn mich jemand reinlegen will, werde ich unangenehm. Es war einer meiner größten Fehler, dass ich nach meinem Abitur 1960 nicht im Westen Geschichte studiert habe. Die wurde ja im Osten ganz anders ausgelegt und gefälscht, wie zum Beispiel der Vertrag von Brest-Litowsk, das wusste man ja von den Großeltern. Und deshalb habe ich dann notgedrungen eine neutrale Wissenschaft studiert, eine Naturwissenschaft – aber mein Interesse war immer woanders.

Mein Bruder ist evangelischer Pfarrer, das hab ich damals auch in meine Personalakte geschrieben. Deshalb haben sie mich nie gefragt, ob ich in die SED eintreten will. Heute bin ich da sehr stolz drauf.

Ich hab eben manchmal auch was richtig gemacht in meinem Leben. Wegen meiner Gesundheit hätte ich sowieso kein größeres Kollektiv leiten können. Ich war mal Abteilungsleiter, aber nicht lange, weil ich dachte: Dann lieber 100 Ost weniger und einen geregelten Feierabend, wo ich meinen Hobbys nachgehen kann.

Als ich gehört habe, dass meine Tochter Geschichte studiert, da hab ich mich sehr gefreut. Das nämlich war mein größter Fehler, dass ich mich von meiner Tochter hab trennen lassen, als sie vier war. Ich hätte ja nicht einverstanden sein müssen mit der Scheidung. Seitdem hab ich sie nicht mehr gesehen. (*Ein Käufer nähert sich.*) Ziehen Sie für mich! Ich brauche tausend Mark! (*Charlie gibt ihm ein Los, der Käufer reißt es auf, sagt:*) Leider kein Gewinn. Aber das ›Leider‹ ist hübsch.

ICH HEISSE SEBASTIAN und gehe in die vierte Klasse. Heute hab ich fast nichts in meiner Hosentasche. Nur das Papier von dem Twix, das ich vorhin gegessen hab. Das lag auf so 'nem Teller bei dem Laurenz zu Hause, der feiert heute seinen Geburtstag. Jetzt gehn wir zu Saturn, um Fotos abzuholen. Beim Eingang steht eine Harley, darauf kann man sich fotografieren lassen mit dunkler Sonnenbrille und Lederweste, das ist ganz lustig. Aber richtig Motorrad fahren finde ich zu gefährlich, ein Fehler und man ist tot.

Ich merke gerade, dass ich noch ein paar Krümel von der Stulle in der andern Hosentasche habe. Die hat mir meine Mutter geschmiert für die Schule. Aber die hat so komisch gerochen, dass ich keinen Appetit auf sie hatte. Ich hab sie dann in meine Hosentasche gestopft und bin Fußballspielen gegangen. Hinterher war die Stulle ganz schön durcheinander, was drauf war, Käse und so Blätter. Da hab ich sie mit gutem Gewissen weggeschmissen.

Sonst hab ich oft Bleistiftstummel in der Tasche. Wenn wir Mathe haben, mach ich die Nebenrechnungen immer auf dem Tisch und radier sie erst weg, wenn der Lehrer meckert. Gestern hab ich dieses Lied auf den Tisch geschrieben, wo alles verkehrt herum ist: Es klingelt das Bett und der Junge springt aus dem Wecker, die Schule kommt zu ihm und muss sechs Stunden bleiben ... Außerdem hab ich die Uhr verstellt, die über der Tafel hängt, damit wir früher Schluss haben.

Zu Hause werde ich manchmal von meinen älteren Schwestern unterdrückt, die eine raucht, die andere trinkt Wein, und ich bin ein Clown, ein Pausenclown. Das will ich auch von Beruf werden. Mit einer Torte im Gesicht fühlt man sich gleich viel wohler. Wie mit einer Schönheitsmaske.

ICH HEISSE MICHAEL MARTIS, stehe auf dem Alexanderplatz und verteile Geldscheine der ehemaligen Deutschen Demokratischen Republik. In meinem Rucksack ist noch ein dicker Packen, auf der Rückseite der Scheine steht: Dass

man für 100 DDR-Mark etwa zwei Tage arbeiten musste und damit die Monatsmiete für eine 4-Zimmer-Wohnung bezahlen konnte, 104 Mal Bockwurst mit Brot, 30 Theaterkarten, 1150 km Zugfahrt oder fünf Tage Jugendtouristhotel mit Vollverpflegung.

Die Freie Deutsche Jugend will mit dieser Aktion zum 10. Jahrestag der Währungsunion eben aufzeigen, dass net die DDR-Betriebe marode waren, sondern die Einführung der DM es bewirkt hat, dass sie geschlossen werden mussten. Die Ökonomen haben Kohl damals davor gewarnt, denn würde man in England jetzt plötzlich die DM einführen, dann würde sich auch herausstellen, dass die englische Industrie ebenso wenig mit der westdeutschen konkurrieren kann.

Carl-Zeiss-Jena wurde für 1 DM gekauft, und so hamse sich alle guten Betriebe untern Nagel gerissen, der Westen. Und die annern Betriebe wurden geschlossen, damit die Bevölkerung der DDR mit den Produkten aus dem Westen versorgt werden musste. Jetzt gibt's Millionen von Arbeitslosen in den neuen Ländern, und ich halt das für eine Riesenungerechtigkeit.

Deshalb fordern wir die Selbstbestimmung der DDR-Bürger, Fabriken und Land wieder in unsere Hand! Wir wollen das Geld und die Pässe wieder zurücktauschen, denn so kommen wir ja auf keinen grünen Zweig. Gäb's die DDR noch, dann hätt's auch den Angriffskrieg auf Jugoslawien net gegeben. Ich bin 1995 der FDJ beigetreten, denn die tut alles beinhalten, den Kampf gegen Rassismus, Nationalismus und Imperialismus.

ICH BIN JUDITH L. und hab ein Paar Tennissocken in der Jackentasche und zwei Unterhosen zum Wechseln. Die mit den Blümchen hat mir eine Freundin geschenkt. Dann habe ich noch genau 62 Pfennig, das reicht für eine Dose Bier, eine Rolle Leukoplast, weil ich eine Wunde am Kinn habe. Ich wollte trinken und gleichzeitig Fahrrad fahren, das ging nicht gut. Die Wunde ist dann genäht worden, morgen gehe ich zum Fädenziehen.

Heute Nachmittag wurde ein Kumpel von mir zusammengeschlagen, ich weiß auch nicht genau, warum. Die  andern, die vor der Schnellreinigung rumhocken, haben einfach zugesehen. Als ich ankam, waren überall Scherben; er hat ganz benommen am Boden gesessen und sich ein blutverschmiertes Taschentuch an den Hals gehalten.

Hier ist mein Ausweis, meine Sparkassenkarte, hier sind Blättchen, Tabak habe ich keinen mehr. Die Zahnbürste ist pink, Dr. Best Junior, das war die billigste, die's gab. (*Eine Freundin leiht sich die Zahnbürste, putzt eine halbe Minute und spuckt aus.*) Der Zettel da ist ein Aufruf zur Demonstration gegen die neue Hundeverordnung und die Diskriminierung unserer Hunde. Auch Lotta muss jetzt immer eine Leine tragen, die ganz ungefährlich ist.

Die Polizisten haben uns aufgeschrieben und eine Frist von drei Wochen gesetzt. Wenn wir bis dahin keine Steuermarke haben und keine Adressmarke, dann werden die Hunde einfach mitgenommen. Ich hab die Hundeverordnung sogar dabei, es sind drei Seiten. (*Sie liest einen Ausschnitt daraus.*) Halten und Führen von Hunden. Doppelpunkt. Paragraf 1 Absatz 1. Ein eingefriedetes Besitztum, auf dem ein Hund gehalten wird, muss gegen ein unbeabsichtigtes Entweichen des Hundes gesichert sein. Absatz 2. Außerhalb eines eingefriedeten Besitztums müssen Hunde ein Halsband mit dem Namen und der Anschrift des Halters tragen. (*Sie lässt das Papier sinken und sieht auf.*) Nur doof, wenn der Halter keine Anschrift hat.

ICH HEISSE STEFAN LEYER und habe ein »Otterjournal« in der Tasche. Ich bin nämlich von der »Aktion Fischotterschutz«, die vor einigen Jahren mit dem europäischen Umweltpreis ausgezeichnet wurde. Wir setzen uns ein für die Revitalisierung von Flüssen, die in den sechziger und siebziger Jahren begradigt wurden. Wir wollen wieder Lebensraum schaffen für Tiere und Pflanzen, die vom Aussterben bedroht sind. Bei unserem Projekt »Otter 2000« verbinden wir isolierte Gebiete in Ostdeutschland, wo der Otter noch nicht ausgerottet ist, um Artenwanderung zu ermöglichen und eine natürliche Fortpflanzung ohne Inzucht.

Ich lebe in Wien und engagiere mich seit fünf Jahren für den Verein. Damals dacht ich mir: Nur BWL studieren und vom großen Geld träumen, das ist zu wenig! Und dann hat mich ein deutscher Freund für die Sache begeistert: Also Naturschutz auf so konkrete Weise, das ist leiwand! Der Fischotter an sich ist herzig, goldig, putzig, glitschig, und pro Quadratzentimeter hat er 50 000 Haare, damit er im Wasser nicht friert. Nur zum Vergleich: Der Mensch hat im Durchschnitt 120 Haare pro Quadratzentimeter, und deshalb muss er sich im Winter auch eine kleine Fettschicht anfressen.

Letzten Sonntag war ich im Otterzentrum in Hankensbüttel bei Hannover, da hab ich die Tiere live gesehen: Die schwimmen wie a Hund, indem sie halt so die Pfoterln bewegen und sich langsam vortasten. Mit dem Kopf gucken sie aus dem Wasser, die Augen sind zwei schwarze Klunker, der Schwanz ist immer mit Navigieren beschäftigt. Aber der Fischotter ist ein Einzelgänger, bei der Paarung ertappt man ihn selten.

MEIN NAME IST AURICEA PASSOS DA LUZ. Ein schöner Name, nicht wahr? Ich bin Brasilianerin, aber ich lebe in Berlin. Gerade habe ich Fotos abgeholt. Soll ich sie dir zeigen? (*Sie öffnet einen roten Karton mit sehr großen Abzügen.*) Das ist mein Mann, ist er nicht süß? Er ist Deutscher und hat Urlaub gemacht in meiner Heimatstadt. (*Ein Tourist sitzt breitbeinig auf einem Plastikstuhl, Auricea hat von hinten die Arme um ihn geschlungen und lächelt in die Kamera.*)

Eigentlich ist er nicht mein Mann, er ist verheiratet und hat ein kleines Kind. Seine Frau kommt aus der Dominikanischen Republik und ist genauso alt wie ich. Er sagt, er liebt sie nicht, aber scheiden lassen will er sich nicht. Er sagt, er liebt das Kind. Glaubst du ihm? Sie weiß nicht, dass ich seine Geliebte bin und die Miete bekomme für eine Wohnung, wo ich auf ihn warte. (*Das nächste Foto zeigt Auricea auf dem Rasen liegend, die Beine leicht angewinkelt.*) Oft kommt er nur für ein paar Stunden. Aber ich liebe ihn, ich weiß auch nicht.

Ich habe gehört, dass die deutschen Frauen sich nur für einen Mann interessieren, wenn er Geld hat und ein großes Auto. Ist das so? Das kann ich nicht verstehen. Heute Morgen habe ich mir im »New Yorker« was zum Anziehn gekauft. (*Sie zieht ein glitzerndes rotes Teil aus der knisternden Tüte.*) Gefällt es dir? Das ist für heute Abend. Immer, wenn er nicht kommt, gehe  ich in den Sambaclub. Ich liebe das, wenn ich tanze und alle Augen kleben an meinem Körper. Die deutschen Frauen bewegen immer nur die Arme und die Beine, nie die Hüften und das andere. (*Sie schaut mich von der Seite an und schüttelt ihre Brust.*) So!

MEIN NAME IST HYPPOLITE D'ALMEIDA und ich habe meinen neuen Reisepass in der Hemdtasche. Gestern bin ich zur togolesischen Botschaft nach Bonn gefahren, um ihn abzuholen. Drei Jahre habe ich darauf warten müssen, drei Jahre konnte ich meine Familie nicht besuchen. Jedes Mal, wenn ich in der Botschaft angerufen habe, wurde mir gesagt: Rufen Sie in zehn Tagen wieder an, rufen Sie in drei Tagen wieder an, in einer Woche. Dann musste ich immer wieder Geld schicken, das Ganze wurde langsam unheimlich.

Ich würde gerne hier eine Familie gründen, aber die Mentalität der deutschen Frauen ist so, ich weiß nicht, erst schwören sie die grand amour, und am Tag danach kennen sie dich nicht mehr. Ich war sehr verliebt in eine Frau, die schon eine kleine Tochter hatte. Ihr Ex hat sie geschlagen. Ich habe versucht, ganz sanft zu sein und ihr die Angst zu nehmen.

Eines Tages wollte ich sie vom Flughafen abholen, ich hatte mir einen neuen Anzug gekauft, stand mit einem Blumenstrauß am Ausgang, die Zigarette so lässig im Mundwinkel … Aber sie ging an mir vorbei, und als ich ihr nachlief, sagte sie: Du kannst wieder nach Hause fahren! Ich nehme ein Taxi.

Egal. Was habe ich denn noch in der Tasche? Kondome. Welche Marke? London. Welche Größe? Sag ich nicht! Einen  Glücksbringer aus Togo, der mir schon Glück gebracht hat. Denn heute früh habe ich eine Bekannte auf der Straße getroffen. Letzten Samstag waren wir zusammen im Kino. An den Film habe ich nicht die geringste Erinnerung, da kann man sich ja vorstellen, was passiert ist. Als wir schon in ihrem Schlafzimmer waren, hat sie gesagt, dass sie nicht will. Ihre Stimme sagte, dass sie will, aber danach hat sie mir Vorwürfe gemacht. Heute hat sie mir ganz offen in die Augen geschaut und sogar ein bisschen gelacht.

ICH HEISSE RENATE EBERTS und das Wichtigste in meinen Uniformtaschen ist das Spielzeug für meinen Hund. Das ist nämlich ein Hund aus der 1. ehrenamtlichen Rettungshundestaffel des Arbeiter-Samariter-Bunds. Er ist sehr klein, aber die Nase funktioniert ja bei kleinen Hunden genauso wie bei großen, nicht wahr, Idemo? (*Der Hund springt an ihrem Bein empor und zerrt an dem Stoffknochen.*) Wir waren jetzt in der Türkei im Einsatz, nach dem Erdbeben. Wir haben in fünf Tagen vier Menschen gerettet, 36 Leben angezeigt und 54 Tote geborgen.

Das Militär hat uns gesagt, wo lebende Personen vermutet werden, oder Verwandte haben Stimmen gehört unter den Trümmern. Aber da waren keine Stimmen. Sie haben nur so sehr gehofft, dass ihre Angehörigen noch leben. In den Häusern war Feuer und Qualm, so dass alle, die nicht erschlagen wurden, verbrannt oder erstickt sind. Einmal stand da eine Mutter mit einer Babydecke, aber da war gar kein Baby mehr drin. Ich kann das nicht beschreiben.

Wenn die Hunde einen Menschen wittern, muss der Mensch nicht unbedingt an dieser Stelle liegen. Deshalb habe ich einen seidenen Faden in der Tasche, um die Windrichtung bestimmen zu können. (*Sie öffnet ein Säckchen an ihrem Gürtel.*) Die Flasche hier habe ich auch immer dabei, denn die Hunde brauchen sehr viel Wasser. Das war dort ein ganz kostbares Gut. Einmal kam ein kleines Kind über den Schutt gelaufen mit einer Flasche Wasser in der Hand und bestand darauf, dass ich das Geschenk annehme. Wie die Leute zusammengehalten haben, das hat mich sehr beeindruckt. Die Toten zu bergen fiel mir schwer. Aber schließlich habe ich mich in der Ausbildung jahrelang auf diese Aufgabe vorbereitet.

WOLFGANG PLÜMECKE MEIN NAME. Ich war gerade beim Feinschmeckerparadies bei Kaufhof und habe mir eine Flasche Radler gekauft, Geschmack Holunderblüte, das hab ich noch nie gesehen, muss ich mal kosten. Dann habe ich ein paar Lachshappen gekauft, teuer, teuer, teuer. Aber ich habe morgen mein 40-jähriges Dienstjubiläum. Und deshalb habe ich für alle Fälle die Lachshappen gekauft, auch ein paar Krebshappen, Brötchen und ein bisschen Käse.

Vielleicht haben es meine Kollegen ja auch vergessen. Wenn keiner sich meldet, dann werde ich nur mit meiner unmittelbaren Kollegin die Happen essen. Oder mit meiner Frau. (*Er schlägt seinen Terminkalender auf und deutet mit dem Finger auf die schwarz geschriebene, zweifach umkringelte Zahl 40.*) Am

Freitag ist noch eine offizielle Feier. Da gibt's 'ne Ehrennadel. Und ich denke, die werde ich auch tragen: 40 Jahre bei der Genossenschaft in Magdeburg, das ist schon was Besonderes!

Ich habe nur eine einzige Bewerbung geschrieben, und zwar als ich sechzehn war. Ich habe drei Jahre gelernt und dann gearbeitet. Manchmal, wenn meine Mutter erzählt, der ist an Krebs gestorben, der in seinem Auto verunglückt, dann frage ich mich: Wenn ich jetzt ums Leben komme, war das ein Leben?

Hier hab ich ein Buch über die Olympiade in Barcelona. Ich hab das schon, die Olympiabücher sammle ich seit Jahren. Aber es war im Angebot, nur 2,95 DM, da hab ich es für meine Enkeltochter mitgenommen. Morgen ist ihr erster Tag im Sportinternat. Es war immer mein Traum, zur Olympiade zu fahren. Aber auch Sydney ist viel zu weit weg! Als ich die Happen gekauft habe, wollten die für eine Tüte 40 Pfennig von mir. Dann bin ich noch einmal zurück zum Buchstand und hab dort meinen Lachs eingepackt.

ICH BIN ROGER PLANCHON und wegen des Festivals »Theater der Welt« nach Berlin gekommen. Nachher spiele ich zum letzten Mal »Der Geizige« von Molière. Dabei muss ich gestehen, dass ich noch nie in meinem Leben eine Brieftasche hatte. Ich weiß nicht genau, warum. Ich fand das hässlich. Einmal haben mir meine Kinder eine Brieftasche geschenkt. Da habe ich mich bedankt, das Geschenk in den Schrank gelegt und es nach paar Monaten wieder zurückgegeben. Nein, ich trage das Geld immer lose mit mir herum wie ein Bauer.

(*Er greift in seine Hosentasche.*) Hier habe ich das Kleingeld. Ich mag das klimpernde Geräusch bei jedem Schritt. Und hier, in diesem verknickten braunen Kuvert, sind die Scheine. (*Er öffnet die Hunderter wie einen Fächer.*) Sonst habe ich nichts bei mir. Ich will mich leicht fühlen, wenn ich durch die Welt gehe. Sehen Sie! Die Taschen von meinem Jackett sind sogar noch zugenäht. Dabei trage ich das Jackett seit vielen Jahren.

In meiner Inszenierung ist der Geizige ganz bescheiden gekleidet. Für Luxus hat er gar nichts übrig, denn er liebt sein

Geld wie den Körper einer Geliebten, von dem er nicht lassen kann. Mir persönlich ist Geld eigentlich nicht wichtig. Und doch habe ich mein halbes Leben damit zugebracht, Geld aufzutreiben für mein Theater und meine Filme. Ein Regisseur ohne Geld ist kein Regisseur.

Wenn ich reise, nehme ich immer irgendwelche Manuskripte mit, die ich korrigiere. Im Zug und überall. Ich schreibe nie mit Füller, sondern mit diesen kurzen blauen Bleistiften, die ich jeden Morgen spitze. Aber das genügt jetzt: Was wollen Sie denn noch wissen? (*Lachend.*) Dass ich schwarze Seidenstrümpfe trage wie ein Mädchen? (*Er dehnt das Bündchen, das seine Fessel umschließt, und lässt es zurückschnirpen.*)

ICH HEISSE FRÉDÉRIC GRABER und in meiner Tasche sind einige Bücher, die ich antiquarisch erworben habe. Darunter ist ein Buch von Thomas Bernhard: »Alte Meister«. Jemand hat es mir empfohlen, als ich ihm erzählte, dass ich in Wien jeden Tag das Kunsthistorische Museum besucht habe. Die Säle sind klein genug, dass man sich darin geborgen fühlt. Rundherum stehen vier Sessel: Man kann sich vor jedem Bild hinsetzen und es in aller Ruhe bewundern.

Das Gute ist dieses Getrenntsein, jede Schule bildet einen Raum. Und nach ein paar Stunden im Blickkontakt mit einem bestimmten Meister hat man das Gefühl, ihm vertraut zu sein. Am ersten Tag habe ich mir Tizian angesehen und wollte dann weiter zu Veronese und Tintoretto. Aber dann habe ich gemerkt: Das geht nicht mehr. Am zweiten Tag kam ich wieder, und am dritten Tag wusste ich, dass ich viele Jahre brauchen würde, um dieses Museum zu durchqueren.

Am siebten Tag stand ich vor einem unglaublichen Bild, es heißt »Susanna und die Greise«. Sie sitzt in einer Lichtung, nackt, und irgendwo liegt ihr Gewand. Sie ist üppig von Gestalt, trägt Ohrringe und hat das Haar sehr schön gekämmt, mit Kämmen aufgerollt und kompliziert festgesteckt. Auf dem Boden sind die Dinge zu einem Stillleben angeordnet, das gibt es ganz oft in dieser Periode. Das helle Badetuch liegt neben Ringen, Armbändern, und da ist auch etwas zu Essen. Dann engt die Perspektive sich ein, und im Fluchtpunkt steht ein Greis mit rotem Gewand und schaut lauernd auf die Dame. Im Vordergrund steht ein anderer Greis, der aber sehr viel größer ist wegen der Perspektive und sie von unten betrachtet. Ungefähr so. (*Er umklammert den unsichtbaren Rahmen des Bildes, verrenkt den Hals, um die Badende besser sehen zu können. Und in den Augen brennt ein lustiges Feuer.*) Dahinter ist ein bisschen Wasser gemalt, Schilf und vielleicht ein Reh.

ICH BIN HEIDE MOLDENAUER und habe Rollschuhe in der Tasche. Es sind Rollschuhe, wie ich sie als Kind hatte – ein Gestell aus Eisen und zwei rote Riemen. Früher bin ich mit meiner Freundin auf der Dorfstraße gefahren. Wir hatten uns ein Röckchen angezogen und machten den Flieger – also die Arme ausgebreitet, das Bein hoch und alles schön gerade. Das war die Traumfigur!

Aber als ich dann in den Konfirmandenunterricht ging und Seidenstrümpfe trug, hieß es, ich sei zu alt dafür. Vor ein paar Jahren habe ich dann diese Rollschuhe bei einem Trödler gefunden, aber ich wusste nicht, wo ich damit hingehen sollte. Auf der Bühne darf man alles machen, was man im Leben nicht machen kann, sagt meine Lehrerin Ruth Zaporah. Natürlich nicht einfach so, sondern auf eine bestimmte Weise.

Ich habe Architektur studiert und bis zu meinem fünfzigsten Lebensjahr in einem Büro für Stadterneuerung gearbeitet. Und dann habe ich angefangen zu tanzen, Unterricht zu nehmen und Sommerkurse zu organisieren in meinem Haus in Roccatederighi, einem Dorf in der Toskana. Zehn Jahre lang habe ich mich mit Kontaktimprovisation und Bewegungstheater beschäftigt, und heute zeige ich meinen ersten Soloabend in der Tanzfabrik.

Am Anfang läuft ein Video, in dem etwa vierjährige Ballettkinder auf die Bühne kommen und einen Knicks machen. Sie gehen mit ganz steifen Füßen durch die donnernde Musik, manche greifen nach ihrem Tütü, das ist sehr komisch! Dann komme ich mit meiner Tasche auf die Bühne und tanze. Am Ende ziehe ich die Rollschuhe an und drehe meine Runden. Man hört »Sweet Georgia Brown« von Schnuckenack Reinhardt, das Publikum johlt, während ich Anlauf nehme und den Flieger mache – also die Arme ausgebreitet, das Bein hoch und alles schön gerade.

PASS AUF, DASS ICH DICH NICHT IN DIE TASCHE STECKE! Vielleicht wird meine Tasche gleich riesig groß oder du wirst winzig klein, und dann steck ich dich einfach in meine Tasche, weil du so neugierig bist. Warum ich die Sonnenbrille aufsetze im Berliner Ensemble, das kann ich dir sagen. Damit der Trug offensichtlich wird. Wenn man nicht klar sehen kann, dann soll man auch nicht so tun, als ob man klar sieht. (*Er nimmt die Sonnenbrille ab und setzt eine andere Brille auf, in der die Gläser fehlen.*) Wir sind in einer Welt, die zu 100 Prozent aus Schein besteht, und wer ihn durchschauen will, braucht mindestens die richtige Brille.

Ich hab den Honecker noch gesehen in Moabit, ein netter alter Herr war das, der da auf der Anklagebank saß. Eigentlich hätte Kohl daneben sitzen müssen. Friede den Hütten, das ist Honecker! Und Krieg den Palästen, das ist Kohl! Aber es wird wohl noch hundert Jahre dauern, bis das Unrecht bewältigt ist, das mit der DDR geschehen ist.

(*Er holt ein Buch aus seinem beigefarbenen Stoffbeutel.*) Hab ich heute gefunden auf den Tischen der Trödler, die vor der Humboldt-Uni rumstehen: Hermann Kant, das war ein kluger Mann, er musste mit den Wölfen heulen, aber er war ein kluger Mann. Das Ganze ist mehr als die Summe der einzelnen Teile. Merk dir das! Und Hitler war auch nur ein Rädchen im Getriebe der Weltgeschichte, wenn auch ein Rädchen aus Diamant.

Ich habe Socken dabei, aber draußen gehe ich barfuß. Man versteht manchmal interessante Dinge, wenn man eine Kleinigkeit anders macht. Meinen Namen willst du wissen? (*Er malt rasch ein Bild mit Möwen, Wellen und einem Judenstern in mein Notizbuch, umgibt es mit einem schweren Rahmen und signiert.*) Palo.

ICH BIN KURT SCHEEL und gehör zur Taschenavantgarde. Schon in den siebziger Jahren, als das unter den Studenten losging mit diesem Genderkram, hatte ich eine schicke schwedische Damenhandtasche aus hellbraunem Leder. Wenn ich nach Hause kam, hieß es immer: »Na, Brüderchen! Hast du wieder dein Schwulentäschchen dabei?« Also das war nicht ganz ohne.

Das Täschchen hat drei Fächer und ein Geheimfach. (*Er zieht langsam den Reißverschluss auf.*) Hier verstecke ich die reißfeste Deutschlandkarte, die Mitte der achtziger Jahre dem FAZ-Magazin beigelegt war, und ein paar leere Karteikarten. Man weiß ja nie, ob einen nicht plötzlich eine wunderbare Gedichtzeile überkommt. (*Er überreicht ein paar Fotos.*) Das ist Lieschen! Eine echte Kartäuserkatze, die ich einer verwahrlosten Züchterin in München abgekauft habe. Sie konnte kein Englisch und hat ganz stolz gesagt: Das ist Elisabeth from se Eaglerock, Tochter von old Soundso dem Dritten. Den Stammbaum habe ich noch in irgendeiner Schublade.

Ich nahm das winzige Ding, setzte es auf meine Hand, hielt es an meine Brust. Es krallte sich fest an meinem Hemd, die Krallen gingen durch bis auf die Haut … und in diesem Augenblick war ich verloren! Ich hab keine Kinder, wollte auch nie, fürchtete die Verantwortung. Aber der Wunsch nach schlichter Schönheit, das war für mich die Katze: Schönheit!

Am Anfang habe ich wie ein Idiot fotografiert, diese Fotos stammen noch aus der ersten Serie. Hier liegt sie auf dem Rücken, streckt so das Bäuchlein in die Sonne. Und hier steht sie auf dem Tisch vor einem herrlichen Sonnenblumenstrauß und einem Berg Maronen, die ich im Ebersbacher Forst gesammelt hatte. Ja, das ist ein Bild des Glücks.

MEIN NAME IST SUSANNE BAER, ich bin Privatdozentin an der Juristischen Fakultät der Humboldt-Universität und arbeite im Studiengang für Geschlechterforschung, der 1997 gegründet wurde. Gerade treffe ich mich zu einem Arbeitsessen mit meiner Kollegin Astrid Deuber-Mankowsky, und in meiner Tasche befinden sich Materialien für unser gemeinsames Forschungsvorhaben. Wir erörtern, welche kritischen Fragen sich in allen Disziplinen stellen und stellen lassen müssen, wenn man das Geschlecht mitdenkt, das heißt die Biologie nicht mehr so selbstverständlich daherkommen kann, wie sie daherkommt, wenn man sich überlegt, dass sie immer eine Ideologie mitproduziert hat, innerhalb derer Frauen als das Natürliche, Weibliche, Irrationale gedeutet werden und Männer als das Rationale, eben nicht so Natürliche, Weltbeherrschende; aus dieser Festschreibung auszubrechen, hat revolutionäre Folgen, und zwar in allen Disziplinen.

Astrid kommt aus der Philosophie, ich komme aus der Rechtswissenschaft, die sich auf Grund ihrer konservativen Struktur diesen Fragen sehr spät geöffnet hat: Denken Frauen anders? Urteilen Frauen anders? Es besteht die Gefahr, genau jene Differenz zu wiederholen, die man abschaffen will, und da wären wir beim feministischen Dilemma, beim Stigma der Quotenfrau; vermeiden lässt sich das nur durch Konfiguralisierung, indem wir nicht mehr Ziele vorgeben, sondern politische Verfahren, innerhalb derer eine Vielfalt von Zielen gefunden werden kann. In den Medien werden die Wissenschaftlerinnen und Wissenschaftler unserer Fakultät immer mit denselben Vorurteilen konfrontiert, wir versuchen, mit möglichst viel Humor zu reagieren ... Aber jetzt müssen wir arbeiten!

MEIN NAME IST MANFRED HUEBER, ich bin Naturschützer, Familienvater und Märchenerzähler. Haben Sie Interesse an einem Märchenbuch für Erwachsene? (*Er zaubert ein grün und rot gebundenes Exemplar aus seiner Jutetasche und legt es auf den Bistrotisch.*) Blättern Sie ruhig ein Weilchen! Ich komme gleich wieder. (*Er verschwindet und erscheint nach zehn Minuten mit einem kleinen Lächeln.*) Und? Haben Sie Ökokasperle schon auf einem seiner Abenteuer begleitet?

Kasperle wird nämlich von einem Königspaar im Waisenhaus für einen »Kasten Perlen« gekauft. Und weil die Ziehmutter so nuschelt, versteht die Königin, der Name des Jungen sei »Kasperle«. Er wächst bei Hofe auf, wird aber eines Tages von fahrenden Schaustellern entführt. Er lernt das Theaterhandwerk, verdient jedoch nicht viel Geld und ernährt sich nur von Körnern. Da verliebt er sich in die Prinzessin Dünndünn, die bisher alle Prinzen abgewiesen hat: Sie waren ihr allesamt zu dick. Und nur für Körnerkasperle kann sich ihr Herz erwärmen.

Der König Kraut aber ist entsetzt. Um seine Tochter vor dem armen Schlucker zu bewahren, schickt er ihn auf die Suche nach dem schwarzen Gold. Die Natur erlaubt es nur der Erde, der Erde ganz allein, das kostbare Gut zu brauen, und auch die braucht lange, lange Zeit dazu. (*Hand und Ärmel verschwinden im Gewand einer Kasperlefigur.*) Aber mehr kann ich Ihnen jetzt nicht verraten! Das Buch ist im Selbstverlag erschienen und kostet neun Mark neunundneunzig – also zehn Mark gegen einen Glückspfennig! Wenn ich nur hundert Exemplare verkaufe, dann hat sich die Mühe schon gelohnt.

ICH HEISSE BRIGITTE SCHECKER, wie der Scheck mit -er, und habe ein Flugticket in der Tasche, damit ich wieder zurückkomme nach Frankfurt. Dann habe ich hier eine Einladung für den Art Directors Club, das ist ein Mal im Jahr und *die* große Veranstaltung, da treffen sich alle Werber, alle Kreativen. Gestern war die Preisverleihung für die besten

Kinospots, das war sehr interessant. (*Sie holt Handschuhe aus schwarzem Lycra aus der Tasche und Handschuhe aus orangefarbenem Leder.*) Die sind fürs Kalte! Und sicher schon zehn Jahre alt, ich war mal Sammler – Yamamoto.

Ich hab alles gesammelt und hingelegt und nie angezogen. Yamamoto und die Japaner, die lagen mir am Herzen. Und dann habe ich meine Wohnung so umgebaut, wie es dort in den Läden aussieht. Irgendwann hatt ich das dann satt mit dem Sammeln – nach dem zweiten Umzug! Und dann hab ich mich von allem getrennt, nur diese Handschuhe trage ich noch immer.

(*Sie öffnet ihre Brieftasche.*) Hier sind noch ein paar Peseten, ich hab auf Mallorca eine Wohnung: Das ist ideal – zwei Stunden von Frankfurt und immer warm. Da kann man auch gut arbeiten. Ich organisiere Ausstellungen, sorge für die Finanzierung und beauftrage Fotografen weltweit. Gerade war meine Ausstellung »Kinder haben Rechte« auf dem Frankfurter Flughafen zu sehen.

Da waren ganz goldige Fotos, zum Beispiel ein Junge mit einem netten Grinsen im Gesicht, der richtet eine Pistole auf – sieht man nicht. Und die Bildunterschrift war: Her mit dem Bär! Andere waren ganz dramatisch, zum Beispiel ein indisches Mädchen wird auf eine Waagschale gelegt. Mit acht Jahren wiegt es acht Kilogramm, besteht aus Haut und Knochen und hat ganz große Augen.

SIE WERDEN ES VIELLEICHT NICHT GLAUBEN, aber ich habe meinen ersten Roman in der Tasche. Ich bin gerade dabei, die Rohfassung zu überarbeiten. Filip Vico ist mein Name. Da ich mich in der Wohnung meiner Freundin kaum zurückziehen kann, gehe ich jeden Morgen in die Staatsbibliothek, in den schmalen Raum, wo die philosophischen Werke stehen, und suche mir einen von Regalen abgeschirmten Tisch am Fenster.

Jedes Mal, wenn ich meinen Laptop anschalte, ertönt ein Jingle von Brian Eno: Dann weiß ich, jetzt muss ich schreiben! Das ist fast wie ein Pawlowscher Reflex, auch am Mittag oder am frühen Abend, wenn ich den Laptop ausschalte, um in die Kantine zu gehen. Ich schreibe langsam, jeden Satz lese ich laut, um den Rhythmus zu prüfen. Der Roman hat jetzt über 300 Seiten, es ist die Geschichte einer Eskalation. Es geht um Verlust, ein inneres Abgestorbensein, das im Leben vollstreckt werden muss.

Ein Mann, der 38 Jahre alt ist, verliert seinen Hausschlüssel. Man weiß nicht warum, aber er kehrt nicht mehr in seine Wohnung zurück, lässt den einzigen Nachkommen der Katze verhungern, die seine erste und einzige Liebe ihm geschenkt hatte. Das war in Rom, als er siebzehn war. Noch sieht er vor sich, wie sie ihn vom Bahnhof abholt nach einem träumerischen Jahr, ein fremdes Kind im Arm.

Er verlässt die Stadt, die er nicht verlassen wollte. Seine Schwester verkauft die Wiese seiner Kindheit. Er zieht zu einem Bekannten, der sich umbringt. Eine Frau wirft ihn hinaus, als er sagt, dass er nichts empfindet, wenn er mit ihr schläft. Er kann nicht mehr sprechen, nur noch über belanglose Dinge. Seine Freunde kommen durch einen Autounfall ums Leben. Schnitt: Zwanzig Jahre später arbeitet er an einer Maschine der totalen Erinnerung.

ICH BIN DIE NACHTIGALL VON RAMERSDORF UND GANZ BEKANNT. In meiner Tüte ist eine Jacke, eine Hose, ein Trenchcoat und ein Plastikbecher aus dem Kaffeeautomaten. Ich bin ein Weltstar, ich hab bei Fellini gespielt in »Ginger und Fred«, ich sollte in »Der Name der Rose« eine bedeutende Rolle spielen neben dem O'Connery, und da ist etwas Furchtbares passiert: Ich hab mir einen Fernseher gekauft auf Teilzeit und habe zwei Raten vergessen, und schon war ich in der Interpol. Und dann hat jemand anders ebendiese Rolle, weil sie nicht gewusst haben fünf Tage, wo ich gewesen bin.

Das wäre eine tolle Rolle gewesen: Ich spiele einen Mönch, der zwei Menschen umbringt und in der Kirche zusammenfällt und dann seinen schwarzen Finger zeigt. Und im Hotel, da hätt ich sogar ein Bad dabei gehabt, die anderen haben alle nur Dusche gehabt, aber die waren so gemein zu mir. Ich bin ein Wunderknabe, ich bin rumgereicht worden in Budapest und Düsseldorf und Stuttgart und Südamerika, überall. Bei Rosa von Praunheim habe ich mitgespielt in »Horror Vacui« und »Anita, Tanz des Lasters« und in dem, mit der Désirée Nick.

(*Er singt, die Augen zum Himmel verdreht, die getuschten Wimpern verklebt.*) Donne-moi de ta voix … Ich kann auch ein Lied von Elvis Presley, I'm so lonesome tonight … Oder von Theo Lingen. (*Er schnippt mit dem Finger.*) Schenk mir doch ein kleines bisschen Lie-be, Lie-be! Sei doch nicht so schlecht zu mir! Fühlst du nicht die innig süßen Trie-be, Trie-be. Wie mein Herz verlangt nach dir … Jetzt Edith Piaf »La vie en rose«. (*Er singt immer lauter, mit immer größeren Gesten. Die Leute auf der Straße bleiben stehen.*)

Die Leute sprechen mich immer mit »Sie« an, ich verstehe das nicht. Ich bin doch ein junger Mensch, 28 Jahre alt, 1972 geboren. Warum sagen sie das, warum? Sie sehen doch, dass ich keine Falten habe. Und meine Stimme ist doch nicht so, dass ich eine alte Stimme habe, oder? Ich rede doch nicht wie ein Erwachsener. Dass ich das alles erlebt habe, das hab ich ja schon als Kind erlebt.

Wenn ein Schauspieler, der bei Alexander Kluge oder Volker Schlöndorff oder Werner Herzog oder Wim Wenders oder Herbert von Achternbusch oder Klaus Lenk oder Michael Thälmann oder Wolfgang Staudte, der wollte noch was Großes mit mir machen und hat gesagt, ich sollte ihm Bilder zum Icon Film schicken, und dann hat sich das so in die Länge gezogen, und inzwischen ist er dann gestorben, in Jugoslawien.

JAWOHL, ICH BIN DIE NACHTIGALL VON RAMERSDORF.
Bei dem Film »Die Spur führt ins Verderben«, da saß ich erst als Mauerblümchen in der Ecke und keiner hat sich um mich gekümmert, bis sie dann erfahren haben, dass ich ein Star bin. Dann sind die alle gekommen und haben gesagt: Friedrich, willst du nicht auch einen Piccolo haben? Friedrich, willst du nicht auch ein Stück Kuchen haben? Friedrich, willst du nicht dies haben oder willst du nicht das haben? Das hat mich umgehauen.

Ein Schauspieler sucht sein Publikum, weil er einen Autounfall gehabt hat wegen seiner dummen Freundin, die immer besoffen Auto gefahren ist. Nasenbeinbruch und die ganzen Zähne verloren, und keiner wollte sie machen. Und was war das Ende vom Lied? Ich muss wieder durch die Lokale zum Singen gehen.

Meine Freundin, die wollte mir helfen und hat sich an ältere Herren rangemacht, aber nur bis zu einer gewissen Grenze. Ein Mal hat sie so einen Minirock angehabt, da hat der halbe Hintern rausgehängt, und da ist sie in der Mulackstraße 32 vergewaltigt worden, im Hauseingang. Und von dem Moment an war sie vollkommen weg. Sie ist auf den Garnisonsfriedhof gegangen und hat mit Steinen nach mir geschmissen und geschrien, als ob sie geschlachtet würde.

Sie wollte ausziehen, weil sie Angst hatte, der Peiniger

kommt wieder. In der Mulackstraße war sie immer alleine und hat immer um sich geschaut, wenn sie die Treppe rauf ist. Weil, die war sehr triebhaft. Also das ist ja keine Liebe, das ist nur eine billige Befriedigung. Das wollte ich nicht, dafür bin ich ja streng katholisch erzogen worden. Und dann sagt sie, sie lädt mich ein, wenn die neue Wohnung eingeweiht wird. Ich bin nicht am gleichen Tag hin, sondern zwei Tage später. Da springt sie aus dem Fenster raus und ist auf der Stelle tot.

Vorher hat sie alle Kassetten weggeschmissen. Sie hat mich doch aufgenommen, auf Stereotonband, zwanzig Kassetten! Und wenn heute ein Manager kommt und sagt, er will Kassetten von mir hören, die Stimme und so weiter … Ich kann ihm nichts zeigen. Es gab so ein wunderschönes Lied von mir, das hab ich ganz groß rausgebracht. (*Er singt mit Hingabe und Vibrato.*) Ich bin allein mit meinen Träumen und warte auf ein Wiedersehen. Schon lange bist du fort von mir. Sag mir, warum, warum, warum? Sag mir, warum, warum, warum? Einsam geh ich durch die Straßen, und ich sehn mich so nach dir. Dein Bild ist in all meinen Träumen und die Sehnsucht brennt in mir. Was einmal kommt, das kommt nie wieder. So langsam kommt mir in den Sinn: Was vorbei ist, ist nun zu Ende. Wie die Blumen, sie blühen dahin. Wie die Blumen, sie blühen da-hinnnn …

ICH BIN DOROTHEE HARTINGER, in meinem Rucksack ist eine Wasserflasche, die ist ganz wichtig bei den Proben, dann ein Notizblock, ein Adressbuch, etwas Geld und ein Labello.

Ich habe immer nur das Nötige dabei, die sechs Textbücher für Faust I und Faust II sind in unserem Theaterraum. Jeder Seite des Originaltextes steht eine leere Seite gegenüber, auf die ich Steins Regieanweisungen schreibe – in winziger Handschrift, denn zu jedem Vers gibt es unendlich viel zu sagen. Manche Sachen mache ich immer wieder falsch, die sind mit einem großen Ausrufezeichen versehen! Daneben sieht man ein paar kraklige Zeichnungen von Gängen und Gebärden.

Die Rolle des Gretchens ist so populär, dass die Zuschauer sie von vorne bis hinten mitsprechen könnten, mitsingen und mitklatschen: Meine Ruh ist hin, mein Herz ist schwer, ich finde sie nimmer und nimmermehr. Das darf keine Arie werden, ich muss die Vorgänge so konkret wie möglich spielen und darum kämpfen, dass die Zuschauer sich diese Szene mit einer gewissen Naivität ansehen. Ich glaube, die meisten Besucher erwarten so etwas wie das ultimative Faustspektakel, eine Inszenierung mit großen Effekten und Eventcharakter.

Aber Stein macht ein Theater, das konservativ ist im besten Sinn: Er will einfach Geschichten erzählen, die Sprache zum Klingen bringen, den Gedanken. Erst wollte ich das Gretchen wie eine moderne Figur anlegen, ein wenig wie die Nora bei Ibsen, die aus der Puppenstube ihrer Ehe auszubrechen versucht. Aber dann hat Stein mich überzeugt, dass diese leicht feministische Lesart den Text verfehlt. Und inzwischen bin ich froh, dass ich auf ihn gehört habe. Im Faust II habe ich sogar noch mehr Text als im Faust I. Ich bin Teil des griechischen Damenchors, spiele Elfen, Volksgemurmel, Weibergeklatsch, Sirenen, Grazien und Rosenknospen.

ICH BIN GÜNTHER, IN DEM WOHNPROJEKT NENNEN SIE MICH AUCH OPA. In meiner Tasche hab ich die neue Ausgabe der Obdachlosenzeitung »Motz«, so 30 bis 50 Stück

verkauf ich schon am Tag. Ich krieg ja meine Rente, aber wie hoch die ist, sag ich lieber nicht. Das mit der Zeitung mach ich nebenbei, damit ich auch mal essen gehen kann oder jemanden einladen. (*Er bietet eine »Golden American« an, zieht sein Feuerzeug aus der Hemdtasche.*) Ich hab immer gearbeitet, immer meine Mark verdient. Ich war immer sauber, hab nie auf der Straße gelegen. Jetzt wohn ich zur Untermiete bei einer Familie mit fünf Kindern. Die Mutter ist gestorben, der Vater macht alles alleine. Ein sehr netter Mann. Hoffentlich danken die Kinder ihm das später …

Ich verkaufe die Zeitungen gerne, da komme ich in Kontakt mit Menschen. Ich bin ganz höflich und frage in den

Restaurants an der Oranienburger Straße und am Hackeschen Markt. In der U-Bahn verkaufe ich nie, das machen meine Beine nicht mehr mit. Der Brunnenbau damals, das ging auf die Knochen. Außerdem machen die Sicherheitsbeamten der BVG jetzt Jagd auf die »Motz«-Verkäufer. Das muss ich mir nicht antun.

(*Er zieht ein Etui aus der Hemdtasche.*) Gestern durfte mich niemand ansprechen. Ich dachte, ich hätte meine Brille verloren. Das Gestell ist noch von meinem Vater. Das hat er getragen, als er aus Sibirien zurückkam nach dem Krieg. Er war ziemlich kaputt, aber jeden Abend haben wir zusammen einen Korn getrunken in der Artistenkneipe in Neukölln. Einmal habe ich dort sogar die Katharina Valente gesehen.

Na ja, Liebe ist ein Märchen, Liebe ist Illusion. Ich hab die Scheidung eingereicht wegen einer Kleinigkeit. Ich hab's bereut, ich hab's wirklich bereut. Der Ring hier, der ist noch von der Fremdenlegion, aber pssst! (*Er legt den Finger an die Lippen.*) Ich sollte auf Frauen und Kinder schießen. Das konnte ich nicht. Nur von Korsika schwärme ich noch immer, die Landschaft ist unbeschreiblich. Vielleicht komme ich ja noch einmal hin auf meine alten Tage. Ich habe noch Kameraden dort, echte Kameraden. Nicht Freunde, die kann man vergessen, die leihen sich nur Geld und geben es nie wieder.

UHREN SOLLTE MAN NICHT IN DIE EIGENE TASCHE STECKEN, wenn's Reparaturen sind. Sehen Sie den Meisterbrief dort oben? Stefan Bularzcyk, das war mein Mann. Ich heiße Sylvia Bularzcyk und habe vor zwanzig Jahren eingeheiratet in diesen Laden. In meiner Jugend wollte ich Turmspringerin werden, aber bei einem komplizierten Salto bin ich rückwärts auf das Brett geknallt. Das Wasser war rot, als mein Trainer mich aus dem Becken fischte. Danach hatte ich keinen Mut mehr und bin selber Trainerin geworden. Ein paar Jahre habe ich Sport unterrichtet an einer Oberschule, aber dann habe ich Knötchen bekommen auf den Stimmbändern.

Mein Mann wusste schon mit fünf Jahren, dass er Uhrmacher werden will. Er war mein Lehrer und sehr streng. Aber ohne diese Strenge würde ich das Handwerk heute nicht so beherrschen. Diese feine Mechanik, und dass man mit den eigenen Händen etwas zum Leben erwecken kann, das ist eigentlich das Schönste, was es gibt auf der Welt! Diese kleine Körnerzange habe ich immer bei mir. Die ist nötig, um die Zeiger einzustellen und ihnen die rechte Spannung zu geben.

Einmal sollte ich eine sehr alte Standuhr reparieren und habe sehr lange auf das Ersatzteil gewartet. Als es dann endlich kam, habe ich mich sofort an die Arbeit gemacht und den Besitzer angerufen, als ich fertig war. Der schlief aber schon und fragte mich schlaftrunken: Frau Bularzcyk, wissen Sie eigentlich, wie spät es ist? Ich wurde verlegen und sah auf die Uhr. Ich hatte die Zeit ganz vergessen! Ich bin ein sehr pünktlicher Mensch. Ich glaube, ich bin noch nie in meinem Leben zu spät gekommen.

Mein Mann hatte keine Geduld, nur mit seinen Uhren war er geduldig und mit seinem Wartburg. Er hat ihn mit in die Badestube genommen, jedes einzelne Teil gewaschen, mit Silikon abgeschmiert und wieder eingebaut. Ja, sein Beruf war ihm heilig und sein Wartburg, die Familie nicht unbedingt. Das hab ich auch dem Pfarrer gesagt, damals. Seit zwei Jahren ist mein Mann schon unter der Erde.

ICH HEISSE MEMETH AYKAS und habe einen Gemüsestand am Rosenthaler Platz. Ich stehe hier von morgens acht bis abends acht. Jetzt wieder kalt und ich muss eine dicke Jacke anziehen, drei, vier Pullover. Ich habe immer eine Aspirin dabei, wenn ich Kopfschmerzen bekomme. Ich nehme eine Aspirin und esse eine Kiwi, dann geht besser. Hier alles auf, von jeder Seite Wind. Aber was kann machen? Ich arbeite das ganze Jahr, auch im Winter bis zehn Grad unter null. Ich habe zwei Gasflaschen, die wärmen ein bisschen. In der Jackentasche ist der Schlüssel für den Lkw, den ich ge-  kauft habe, er steht da vorne. (*Er zeigt auf einen Lastwagen, der mit lachenden Kirschen, Äpfeln und Bananen bemalt ist: El paradiso.*)

Jeden dritten Tag stehe ich um fünf Uhr auf und fahre in die Großmarkthalle nach Moabit. Alle schlafen und die Straßen sind ganz still. Aber wenn man in die Halle kommt, hört man das Schreien von den Händlern. Es sind Deutsche, Türken und Araber. Und ich suche die beste Ware für Kunde, Naturware und nicht Chemie. Die ist etwas teuerlich, aber Einkaufspreis auch so. Ich nehme von jeder Sorte eine Kiste, das ist nicht so schwerig zu tragen.

Das ist ein schöner Platz, aber nicht so viele laufen Leute. Viele Wohnungen reparieren und jeden Tag fragt jemand nach leeren Bananenkisten, weil er umziehen muss. Einen Zahnstocher habe ich auch dabei, jeden Tag esse ich gleich. Denn ich kann ja nicht weg. Neben mir ist eine Hähnchengrill, ein Dönerstand und China-Imbiss. In meinem Portemonnaie ist ein Foto von meiner Tochter, die ist 5½. Bald kommt sie in Schule. Und ich will nicht, dass sie mit meiner Frau nach Istanbul geht. Das Foto von meiner Frau hab ich zerrissen. Wir sind geschieden.

MEIN NAME IST OLGA NÜRK. Ich habe mir gerade einen Staubsauger gekauft, den kann ich wie einen Hund hinter mir herziehn. Wenn ich mich auf eine Bank setze, kauert er sich neben mich und wartet. Ich habe ihn in einem Laden gekauft, der alte Haushalte auflöst. Die Schnur lässt sich nicht mehr einziehen, deshalb habe ich ihn so billig bekommen. Man hat mir gesagt, dass er neu um die 300 Mark gekostet hätte. Man kann die Saugstärke einstellen, damit die kleinen Teppiche nicht eingesaugt werden und die Flusen auf den großen Teppichen trotzdem verschwinden. Ich bin umgezogen in den Prenzlauer Berg, der Putz rieselt nur so von den Wänden, und deshalb muss ich saugen.

Eigentlich bin ich keine Hausfrau. Ich kann zum Beispiel nur drei Gerichte kochen: Kartoffeln mit Spinat, Spaghetti mit Tomatensoße, Linsen mit Spätzle. Diese drei Gerichte koche ich immer im Wechsel. Nur selten probiere ich etwas Neues: Spätzle mit Spinat, Kartoffeln mit Linsen, Spaghetti ohne Tomatensoße. Wenn es misslingt, dann esse ich gar nichts, bis die Sachen im Topf zu schimmeln beginnen.

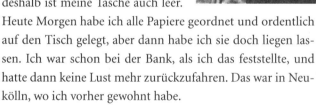

Ich bin sehr vergesslich, und deshalb ist meine Tasche auch leer. Heute Morgen habe ich alle Papiere geordnet und ordentlich auf den Tisch gelegt, aber dann habe ich sie doch liegen lassen. Ich war schon bei der Bank, als ich das feststellte, und hatte dann keine Lust mehr zurückzufahren. Das war in Neukölln, wo ich vorher gewohnt habe.

Da waren so viele Hundehaufen, dass ich mit dem Fahrrad immer Slalom fahren musste. Und wenn ich nicht Slalom gefahren bin, konnte ich mit zwei Reifen fünf Hundehaufen auf einmal treffen. In der Nacht kam mir neulich ein Mann entgegen, der mich mit einer Taschenlampe geblendet hat. Dass es ein Hund war, den er hinter sich herzog, kann ich nicht beschwören. Vielleicht war es auch ein Staubsauger!

ICH BIN DAG und komme gerade aus dem Schreibwarenladen in der Torstraße. Da könnte ich stundenlang verweilen.

Es gibt wunderschöne Sachen dort, die man auch zu Kunst machen kann. Einmal habe ich dort für 500 Mark diese blauen Klebepunkte gekauft, die in den Galerien auf den verkauften Bildern kleben. Und damit habe ich dann in der Galerie »Berlin-Tokio« eine Ausstellung gemacht. Der ganze Raum war voller Klebepunkte, wahllos auf den Wänden verteilt. Was das bedeuten sollte, musste jeder selbst herausfinden.

Jetzt habe ich drei Rollen braunes Klebeband gekauft. Die kann ich auf dem Boden ausrollen, und was dann haften bleibt, sind die Fußspuren der Zeit. Dann brauchte ich noch Visitenkartenfolien. Die Visitenkarten hab ich schon, aber die verkommen immer so, dass ich die Adresse dann doch mit der Hand schreibe, um keinen schlechten Eindruck zu machen.

Jetzt habe ich bald wieder eine Ausstellung an einem Ort, der eigentlich kein Ausstellungsort ist. Und ich bin gespannt, ob die Leute kommen. Die sind ja immer sehr schnell ermüdet von einem Künstler, da muss man sich immer wieder was ausdenken, um das Interesse frisch zu halten. – Und deshalb gehe ich so gerne in den Schreibwarenladen!

In meiner Jackentasche habe ich 150 Mark für Peter M., der einen Katalogtext für mich geschrieben hat, der vor

Fremdworten nur so strotzt. Am Ende weiß man nicht, wovon eigentlich die Rede war. Aber die Leute wollen das, dieses Abrakadabra in den Katalogen. Auf dem Weg zu Peter M. kaufe ich mir weiße Schnürsenkel für meine himmelblauen Turnschuhe. Die habe ich geschenkt bekommen in dem Turnschuhladen, wo meine Bilder ausgestellt waren. Man geht wie auf Wolken!

ICH BIN ANDY und das sind die Turtles. (*Er zeigt auf drei Stofftiere, die im Hof liegen.*) Da find ick jut, dass sie so kämpfen können und dass sie immer Tricks auf Lager haben. Und bei den Pokemon, dass sie so jute Attacken könn': Ekelsamen, Flammenwurf, Drachenwut, Schlichter, Kratzer, Heuler. (*Drei ältere Jungs ziehen ihm die Hose runter.*) Mannn! (*Er zieht die Hose wieder hoch, sucht in seiner Tasche.*)

Hier hab ick 'ne Pokemonkarte von Sandamer, die is 'n bisschen kaputt, aber macht gar nichts! Mit meinem Freund hab ick ausje dachte Pokemon aufgemalt: Elektrokralle, Hornkralle und dieses Komische, überall hat es Stacheln, und in der Mitte sind Augen, und die Klauen sind größer als Sandamers' Klauen. Mein Freund hat die rote und blaue Serie und ick hab nur die blaue. Auf dem Gameboy, da kommt Professor Eich, quasselt, ne, und dann muss man seinen eigenen Namen eingeben. Da steht dann Ash, aber Ash musst du in Wirklichkeit schreiben. Und dann kommst du auf Level 10.

Außerdem hab ick einen Pikachu-Schlüsselanhänger, der ist von unsere janze Familie das Maskottchen. Also ick hab das mal mitjenommen, wo ick beim Schwimmen war, da hab ick das da auf den Tisch abjeleecht und der hat mir Glück jebracht, bin ein paar Minuten länger unter Wasser jeblieben.

Und wenn Mamma den mitnimmt, dann ist der auf der Arbeit und bringt Mamma auch Glück, dass sie Geld bekommt. Meine Mutter geht in so ein Haus, wo man essen kann und so, da muss sie manchmal kochen, abwaschen und Klo putzen. Und Papa muss Fenster putzen und alles, was aus Glas is … Aber jetzt muss ick schnell nach Hause, um 14.45 kommt Pokemon.

ICH BIN JENNIFER und wusste schon als Kind, dass ich Polizistin werden will. Die Leute sehen mich als kleine Frau, aber weil ich eine Uniform habe und eine Waffe, stell ich dann doch was dar. Auf dem Übungsplatz konnte ich gut schießen, aber ob ich das in der Praxis auch könnte, weiß ich nicht. Ich hoffe, dass ich nie in die Situation komme. Und wir haben ja noch andere Möglichkeiten: Schlagstock, Reizgas, und wenn wir die nicht einsetzen, unsere Fäuste und unsere Kollegen.

Der letzte spannende Fall war ein Tötungsdelikt. Es gab Streitigkeiten in einer ausländischen Familie, weil eine der Töchter einen deutschen Mann heiraten wollte. Und wie das bei ausländischen Familien so ist: die Ehre. Deshalb ist sie umgebracht worden, ein zwanzigjähriges Mädchen. Wer's war, weiß keiner.

Was sonst noch immer so ist: Verkehrsunfälle, Leichen, Love Parade, Fußball. An den Anblick der Leichen kann ich mich nicht gewöhnen. Ich meine, das Leben fängt an und hört auch wieder auf. Und wenn es natürlich aufhört, dann hab ich da weniger Gedanken, aber wenn ich tote Kinder sehe oder einen Totschlag mit Misshandlung – das muss ich auch erst einmal verarbeiten.

In den Seitentaschen meiner Hose habe ich meine schwarzen Lederhandschuhe, wenn ich etwas Unangenehmes anfassen muss, und mein Barett. Ich mag mein Barett, es sieht frecher aus als die Schirmmütze, und man schwitzt auch weniger. Es ist schon eine Weile her, dass ich die Handschellen benutzt habe. Als wir eine randalierende Person hatten und Hausfriedensbruch.

Sonst kann ich eigentlich gut mit den Menschen reden, aber wenn sie Alkohol getrunken haben, dann schlagen sie um sich und müssen gefesselt werden. Dieser da wollte etwas von der Bardame, aber sie nicht von ihm. Es half nichts, ich musste die Handschellen anlegen und ihn in den Wagen bringen. Da hat er sich dann ganz schnell beruhigt.

ICH BIN MICHAEL BEHNERT und extra aus München zur Love Parade angereist. Das Wichtigste in meiner Tasche ist das Handy, damit ich die ganzen Leute antelefonieren kann, die nicht mit dem Auto gekommen sind, sondern mit dem »Love train«. Wir sind frühmorgens angekommen und dachten, dass wir sofort ins Hotel können. Aber die Zimmer waren noch nicht bezugsfertig und wir mussten uns im Fitnessraum umziehen. Meine Freundin hat sich dann auf der Streckbank geschminkt, und die Typen, die da vorbeigekommen sind, waren schon sehr geschockt teilweise. Ich hab den langen Samtrock angezogen, den ich selbst genäht habe, und mein Haar in Form gebracht.

Meine Tasche ist eine H&M-Tasche, aber über das Markenlogo habe ich meinen Spitznamen geschrieben: Mephisto. Was da alles drin rumfliegt! Geld, Fotoapparat, Deoroller, Sonnenschutzcreme und Lightsticks für heute Abend. Dann: Kondome, Labello, Kaugummis und das war's. Techno ist Spaß, man braucht's am Wochenende, um sich 'n bisschen abzureagieren, den ganzen Stress loszuwerden. Es ist einfach 'ne Musik, wo man cool Party machen kann. Die ist auch gar nicht so monoton, wie manche Leute behaupten. Schließlich gibt's House, Hardtechno und Elektro, ganz chillige Musik, also wirklich total relaxed und ganz aggressive, wo es nur noch so geht: Bum bum bum bum.

Ich bin halt ein Mensch, der Sachen mag, die ausgeflippt sind und nicht so normal. Von der Love Parade bin ich ziemlich enttäuscht: Vom Kommerz und den vielen Leuten, die gar nicht zur Technoszene gehören, sondern herkommen, um sich 'ne Bockwurst reinzuziehn wie auf 'm Oktoberfest.

ICH HEISSE RACHEL SMOKE und habe weißen Puder dabei, schwarzen Kajal und roten Lippenstift. Dope, leider Gottes, ein kleines Notizbuch, wo ich alles Mögliche reinschreibe. Auch Songtexte. (*Sie blättert.*) Nee, das ist zu kitschig! (*Sie blättert weiter, liest.*) Tränen fallen aus meinen leeren Augen, sie werden zu Eis und zerbrechen in tausend Stücke. Ich bin schwach und fort von dem, den ich liebe. Er ist warm und schenkt mir Wärme. Ich koste jeden warmen Strahl aus und sage ihm, (*entziffernd*) nee, quatsch!, sauge ihn auf, um mich zu stärken ... Das war jetzt kein Songtext, die schreibe ich auf Englisch. Das war auch kein Gedicht, das war einfach nur so.

Ich geh zum dritten Mal in die 8. Klasse und suche gerade Mitglieder für meine Band. Ich kann auch ein bisschen Gitarre spielen, aber ich will lieber singen, weil man nicht ins Publikum springen kann, wenn man eine Gitarre umgeschnallt hat. Und das ist voll super! Es kann auch schmerzhaft sein, wenn die Leute irgendwie einen Schuh abkriegen, aber das gehört dazu. Ich geh zu vielen Konzerten und mach Stagediving. Das ist verboten, aber wenn nicht so viele Security-Leute rumstehen, klappt es fast immer.

Auf meiner Tasche steht mit Filzstift ein Text von Kitty: Watch all the blood, it drips out of your veines. And may your death come quickly. Die Mädchen sind so 16, 17, machen Black Metal, und die Frontfrau hat 'ne irre Stimme, so 'ne richtige Monsterstimme, die kann so was von brüllen. Die Musik entspricht meinem Lebensgefühl, denn das Leben ist hart, das find ich schon.

DANN FLIEGEN AN DIE ZWANZIG KLEINE POMMES-GABELN in meiner Tasche herum, weil mein Freund arbeitet am Kiosk. Stundenlang steh ich davor, um ihm seine Arbeitszeit zu versüßen, und dann stecke ich immer diese verdammten Pommesgabeln ein. Abends trauen sich die Kunden gar nichts mehr zu kaufen, weil die schwarze Szene da herumlungert. Wenn ich Kunden registriere, sag ich: Bitte schön! Aber die trauen sich trotzdem nicht.

Die meisten in der Szene sehen Schwarz als Trauerfarbe, die ham Sachen durchgemacht, die sie nicht verkraften. Andere sind ziemlich lebensfroh, arbeiten in einem Pflegeheim und finden die Aufmachung einfach elegant. Das hat aber nichts mit schwarzen Messen zu tun. Also da würd ich ja keinen Fuß reinsetzen, weil ich blond bin und eine Frau.

Die Satansbraut wird entführt, in ein weißes Kleid gesteckt, mit Drogen voll gepumpt und dann von allen Männern vergewaltigt. Das ist, was ich weiß. Aber die wenigsten machen das, die meisten tun nur so: Uuaa, Satanisten, toll! Und opfern dann irgendwelche Kaninchen und trinken das Blut. Obwohl das nicht geschrieben steht, in der satanistischen Bibel.

Ich hab mich von Gott abgewendet, nicht, weil er meine Wünsche nicht erfüllt hat, (*parodierend*) ich will jetzt einen schönen Farbfernseher haben! Nein, das hat tief gehende Gründe mit meiner Familie, meiner Kindheit, blablabla. Ich bin keine Satanistin, aber ich habe ein ganz eigenes Bild vom Teufel. Deshalb seh ich mich als Teufelistin an. Über den Engelssturz hab ich viel gelesen und ich kann das voll nachvollziehen. Ich meine, wenn Gott ihn so ankackt, bitte! Jeder rächt sich irgendwie.

ICH HEISSE JOSÉ COVARRUBIAS und habe ein paar T-Shirts in meinem Rucksack, ein paar Hosen und Pullover. Das muss für drei Wochen reichen. Mein Freund und ich kommen aus Chile, wir sind zum ersten Mal in Europa. 15 Stunden dauert der Flug, 15 Stunden in winzigen Sitzen, das ausgeleierte Lächeln der Stewardessen und immer das Rauschen der Klimaanlage. Wir sind in München gelandet und dann mit dem Zug nach Prag gefahren, von dort weiter nach Berlin. Morgen fahren wir nach Paris, dann nach Barcelona. Wir müssen versuchen, so viel wie möglich zu sehen.

Gestern sind wir mit geliehenen Rädern durch die ganze Stadt gebraust, an der Siegessäule vorbei, dem Brandenburger Tor. Abends sind wir in den »Tresor« gegangen, das war großartig! Wir haben die ganze Nacht getanzt. Die Vögel haben schon gezwitschert, als wir rauskamen und zum Hotel gelaufen sind.

Es ist seltsam hier in der Nacht, sehr seltsam, ich weiß auch nicht, die Menschen, die Art, wie sie gekleidet sind. Alle sind kahl, sie haben kein Haar, sie tragen Hosen aus Nylon und sie haben so hohe Sohlen unter den Turnschuhen, soo hohe Sohlen. (*Er zeigt mit den Händen einen Abstand von zwanzig, dreißig, vierzig Zentimetern.*)

Ich habe ein paar Souvenirs dabei, ein Bauhausposter – ich bin Grafikdesigner – und eine Kassette mit meditativer Housemusik, die ich im Zug nach Prag geschenkt bekam. Das Abteil war ganz leer, ein junger Mann kam auf uns zu. Er war DJ, wollte etwas trinken und wir auch. Am Nürnberger Bahnhof stieg er aus, um eine Flasche Rotwein zu kaufen, aber der Zug hatte sich schon in Bewegung gesetzt, als er die Treppe hochkam. Und so wurde unsere Verbindung unterbrochen.

ICH BIN JAN SPENGLER, das ist meine Frau Katja. In der Tasche habe ich die Speisekarte für unser Hochzeitsessen in Nikolskoe. Zwischen der klaren Ochsenschwanzsuppe und dem Seezungenfilet »Normandie« wurden zwei Reden gehalten. Mein Schwiegervater konnte sich nicht damit abfinden, dass wir nur standesamtlich geheiratet haben und hat einige Stellen aus dem Alten Testament vorgelesen, um die Predigt nachzureichen. Mein Vater erzählte, wie Katja und ich uns beim Phantasy-Spiel kennen gelernt und eine fiktive Beziehung geführt haben, bevor die Fiktion dann in Wirklichkeit umschlug:

Es war einmal im Land Ophan, ich gab den edlen Ritter Garbred und sie die Naturpriesterin Nymphalis, die meine Wunden heilte. Denn als Ritter ist man immer irgendwie verletzt. Vielleicht sollte ich noch dazu sagen, dass uns diese Rollen wie auf den Leib geschneidert waren, denn ich hatte gerade an der Weltmeisterschaft im Stockkampf teilgenommen, und Katja lernte für ihr Biologie-Examen.

Mit viel Abenteuerlust und dem Auftrag, einen einheitlichen Gottesstaat zu gründen, ritt ich durch die Lande. In einer Höhle, wo ich mein Nachtlager aufschlagen wollte, sah ich Nymphalis zum ersten Mal. Der Boden und die Wände der Höhle waren mit Moos bedeckt, in der Mitte sprudelte eine warme Quelle.

In ihrem früheren Leben als Hure hatte Nymphalis bestimmte Fertigkeiten erworben, die mir jetzt sehr zu Gute kamen. Sie konnte zum Beispiel so gut massieren, dass ich meinem Charakter gleich ein paar Lebenspunkte hinzuaddieren durfte. Kurz vor Mitternacht hat unser Spielleiter die Sitzung dann abgebrochen, weil er auch ein Auge auf Katja geworfen hatte und schrecklich eifersüchtig war.

ICH BIN KATJA JUSCHKA, das ist mein Mann Jan. Eine Tasche habe ich nicht, aber einen kleinen Beutel, passend zum Hochzeitskleid, und eine Art Beuteltasche, in der ich mein Kleines mit mir herumtrage. Ich bin nämlich im siebten Monat schwanger. Zum Glück bekomme ich keine Vierlinge wie damals im Fantasiereich Ophan!

Es war gegen sieben Uhr früh, wir hatten die ganze Nacht mit Phantasy-Spielen zugebracht und bis zum Morgengrauen gegen eine Hexe gekämpft, die das Elixier der ewigen Jugend in ihre Gewalt gebracht hatte. Meine Gottesanbeterin starb. Garbred verlor sein rechtes Auge, sein Bruder wurde im Zweikampf getötet. Aber am Ende waren wir froh, entweder geheilt oder vom Tode auferstanden zu sein. Mit letzter Kraft schleppten wir uns in eine Höhle. Draußen tobte der Schneesturm, und plötzlich lag Garbred unter der Decke von Nymphalis. Anschließend haben wir die Wahrscheinlichkeit mit dem Würfel berechnet: Wie groß war die Anziehungskraft, wie stand es mit meinem Zyklus, wie mit seiner Ausdauer? Und wir haben sehr gelacht, als Jan drei Mal hintereinander eine sechs gewürfelt hat. Bei dieser heldenhaften Potenz war es nicht weiter verwunderlich, dass Nymphalis gleich vier Kinder auf einmal bekam.

Der erstgeborene Sohn ist kurz nach der Geburt an der Pest gestorben. Und durch die Trauer um ihn hat sich Garbreds Charakter stark verändert: Vorher war er so ein Hacker und Schlächter, der nicht lange diskutiert hat. Und plötzlich hat er sein Schwert nur noch gezogen, wenn es unbedingt notwendig war. Dann reichte er mir das Kind, das sich gerade an seinen Hals geklammert hatte, und sagte: »Halt du mal!«

MEIN NAME IST BERNHARD VIERLING. Und die russische Uhr in meiner Tasche erinnert mich an die Zeit, als ich mit der »Karawane Mir« unterwegs war. »Mir« heißt »Frieden«, aber auch »Erde« und »Dorf«. Im Sommer 1989 zogen zweihundert Schauspieler in einer langen Karawane quer durch Europa. Truppen aus Russland, aus der Tschechoslowakei, aus Polen und Ungarn, aus Ost- und Westdeutschland reihten sich ein, Truppen aus Frankreich, England, Schottland und Dänemark.

Wir hatten gewaltige Zugmaschinen und große Schwierigkeiten an den Grenzübergängen. In sechs Monaten zogen wir von Moskau nach Paris, schlugen in jeder größeren Stadt unsere Zelte auf und spielten uns die Seele aus dem Leib. Jede Truppe zeigte ein Stück aus ihrem Repertoire, und alle Truppen wirkten zusammen in einer groß angelegten Inszenierung der Odyssee, die den Gegebenheiten des jeweiligen Ortes angepasst wurde. In Kopenhagen spielten wir auf einem Schiff, das im Hafen lag. Als es dunkel wurde, lösten wir die Taue und fuhren aufs Meer hinaus, während der tosende Applaus in der Ferne verebbte.

Fast jeden Tag hatte jemand Geburtstag, in einem der Zelte wurde immer gefeiert und Wodka getrunken. Mit einem Schauspieler habe ich gewettet, dass meine deutsche Uhr haltbarer ist als seine russische. Und natürlich habe ich die Wette verloren. Wir haben unsere Zigaretten auf dem Glas ausgedrückt, und meines ist geschmolzen, während seines unbeschädigt blieb. Zum Abschied schenkte er mir diese russische Uhr, die ich jetzt zum ersten Mal reparieren lassen muss.

Im Jahr 1989 entschied ich, einen »normalen« Beruf zu ergreifen und als Kommunikationstrainer mein Geld zu verdienen. Mit der »Karawane Mir« hatte ich alles erlebt, was ich im Theater erleben wollte. Ich kam aus Paris zurück nach Berlin und schlief eine ganze Woche lang. Als ich aufwachte, stand meine Freundin neben mir und sagte: »Du, die Mauer ist gefallen!«

MEIN NAME IST KARINE HAKOBJAN, ich komme aus Jerewan, der Hauptstadt von Armenien. Ich trage ein Taschentuch bei mir, das habe ich von meiner Mutter vor Reisen bekommen. Sie sagte, sie war stolz und sie hofft, dass ich mein Land auf der Weltausstellung gut vertrete, und sie wird nie schämen für mich. Auf dem Taschentuch sind Blüten gestickt, meine Mutter hat es zum Geschenk bekommen, als sie geheiratet wurde.

Wir haben in Armenien auch eine der ältesten Richtungen des Christentums, gregorianische. Und wegen unserer Religion wurden wir meistens von muslimischen Völkern verfolgt, die immerhin versuchten, uns zu vernichten, zu vertreiben. Trotzdem haben wir alles bewahrt! Ohne die uralte Kultur, die uralten Gewohnheiten wird nie ein Volk weiter existieren! Wir verkaufen »Lawasch« an unserem Stand, das ist das Nationalbrot.

In den Dörfern hat noch jede Familie einen Ofen, der unter der Erde begraben sein muss, dort klebt man diese Fladen an die Wand, und nach zwei Minuten sind sie schon knusprig. »Lawasch« steht für die Einheit der Familie, das nennen sie auch »ein Gewissen«. Die Schwiegermutter legt es der Braut und dem Bräutigam über die Schultern, wenn sie eintreten zu Hause. Dabei füttert sie mit einem Löffel auch Hönig und Walnüssen, das steht für die Süßigkeit des Lebens, die Erfahrenheit des Lebens.

Ich habe noch etwas anderes in meiner Jackentasche: eine Telefonkarte. Die bewahre ich für Gespräche mit meinen Eltern und meiner Schwester. Sie wohnen in Jerewan, und ich vermisse sie schon! Ich spare, die Karte muss vier Monate halten, denn ich kann nicht noch einmal 50 Mark bezahlen. Jetzt habe ich noch Heimweh für 42 Mark!

HALLO, ICH BIN JOACHIM FROST und komme gerade vom Patentamt. Die Formulare hier muss ich ausfüllen, wenn ich ein Geschmacksmuster und ein Gebrauchsmuster anmelden will. Das eine gilt dem Style, das andere der Herstellungstechnik, sagt die Dame im Zimmer 130. Die Kosten belaufen sich auf 175 Mark plus Veröffentlichungsgebühren. Im Archiv habe ich die Aktenordner mit den patentierten Taschen aus den letzten Jahren durchgeblättert und war ganz erleichtert: Das gibt es noch nicht!

Zusammen mit Armida Trinelli und Marco Bravo – ist das nicht ein fantastischer Name? Io sono Marco Bravo! – habe ich eine Umhängetasche aus luftgepolstertem Plastik entwickelt, die im Dunkeln leuchtet. Armida hat sie genäht, ich habe die batteriegetriebenen Lämpchen angelötet. Das Modell heißt »Vegas« – »Vince Vegas!« war unser heimliches Motto, als wir uns für den Wettbewerb der Hochschule vorbereitet haben: »Vegas siegt!«

Unser Professor war aber nicht so begeistert, da haben wir das Modell noch einmal gründlich überarbeitet. Auf der diesjährigen Designmesse in Mailand haben wir viel Aufsehen erregt. Nachts sind wir als lebendige Werbeträger durch die Straßen gegangen, und alle Leute haben uns angehalten und gefragt: Wo habt ihr denn diese Taschen her? Das war fast ein Gefühl von Berühmtheit!

Wir hoffen, noch vor der Love Parade mit der Serienproduktion in Polen beginnen zu können. Denn »Vegas« steht für den radikalen Hedonismus unserer Generation und begegnet ihm gleichzeitig mit einem Augenzwinkern. Einmal wollten wir zu einem Rave nach Bologna fahren.

Aber ich habe meinen Zug verpasst. Und als ich Marco auf dem Handy anrief, befreite er sich gerade aus dem Bewässerungskanal eines Reisfeldes. Er hatte auf der Landstraße einer Biberratte ausweichen wollen, da war sein Auto ins Schleudern geraten und eine Böschung hinuntergerollt. Biberratte heißt »nutria« auf Italienisch. Und deshalb heißt unsere Gruppe jetzt »Nuove Nutria«.

ICH HEISSE HANS J. FRITZ und komme gerade aus einem kleinen Plattenladen, den kaum jemand kennt. Die bestellen dir ganz spezielle Sachen, »Guess Series« zum Beispiel und »Could heaven ever be like this?« aus den Achtzigern. (*Er zieht die Platten aus einer Papiertüte.*) Ich arbeite nebenbei als DJ und an Silvester mache ich die Musik im »Keyzer Soze«. Wir wollten so einen Jahrhundertquerschnitt machen, aber das wird wohl nicht klappen, wir machen erst um ein Uhr auf, und in den zwanziger und vierziger Jahren, da fällt mir keine gute Musik ein, und nur so Hits spielen will ich nicht. Deshalb werde ich vor allem Sachen aus den Siebzigern und Achtzigern auflegen, die Leute sollen sich identifizieren können.

DJ zu sein ist eine Sucht: Man kommt nicht los davon. Man braucht viel Geld und viel Zeit, um die ganzen Platten zu kaufen. Aber wenn du erst mal 'n gewisses Pensum hast,

dann musst du immer mehr haben. Und du willst immer tiefer da hinein, willst immer mehr entdecken. Wenn du in einem Plattenladen stehst, hast du deine Musik im Kopf und hörst sofort, was wozu passt. Das ist so, als ob du für die Universität einen Text liest und den Text gleich einordnest in die Hausarbeit, an der du gerade schreibst.

Ich studiere Musikwissenschaft und Philosophie, beschäftige mich gerade mit Ideengeschichte. Jede Idee lässt sich Jahrhunderte lang zurückverfolgen. Alles ist in etwas anderen Zusammenhängen schon einmal gedacht worden, und so ist das mit der Musik auch. Jede Melodie, jedes Sample ist irgendwo geklaut. In unserer Generation ist der Eklektizismus zum Mainstream geworden. Es geht darum, alles mit allem zu verbinden – ohne Rücksicht auf ideologische Verluste.

ICH BIN EVELYN FISCHER und halte mit meinen Kollegen den Öko-Waschsalon besetzt. Gerade laufen Dreharbeiten für drei Werbespots, die die Leute überzeugen sollen, dass sie ihre Gebühren für den öffentlich-rechtlichen Rundfunk zahlen. Vorgestern standen wir auf einer Verkehrsinsel der Frankfurter Allee im strömenden Regen. Ich musste die Schauspieler unter der Kofferraumklappe unseres Kombis schminken. Gestern haben wir dann die Location gewechselt und diesen Waschsalon einfach zu unserer Garderobe gemacht.

Es gibt Licht, einen Plastiktisch und Stühle. Da kam mir die Idee, hier eine festliche Tafel zu decken. Ich habe die Schubladen aus meinem großen Schminkkoffer genommen und meine Einkäufe hineingefüllt: Baguettebrote, Bressot, italienische Salami und grüne Trauben. Ich hatte noch Basilikum zu Hause, die abgezupften Blätter hab ich in eine Tubberdose getan, neben die Leberpastete und die Fettschminke 0,2 Transparent. Der Prosecco war bei Spar im Sonderangebot, da dacht ich, den kannste auch noch mitnehmen!

Ich habe alle eingeladen, die hier auf ihre Wäsche warten. Meine Tochter wohnt in der Brunnenstraße, die hab ich einfach herbestellt. (*Sie nimmt die Tochter in den Arm.*) Ist sie nicht süß? Gut, dass ich das Kühlaggregat mitgenommen habe. Denn unsere Praktikantin kann damit ihre Beule kühlen. Sie ist im Bus mit jemandem zusammengeknallt nach einer scharfen Bremsung! Neulich hat ein junger Mann für eine Mark meine Windschutzscheibe geputzt und mit Schaum ein großes Herz darauf gemalt. Als ich durch die Tür kam, lehnte er am Wäschetrockner B. und lächelte mir zu. Mit Prosecco haben wir dann angestoßen auf diesen wunderbaren Waschsalon!

ICH BIN STEFAN VENS und habe ein Buch von Nietzsche in der Jackentasche, das einer Freundin gehört. Sie hat es nur gekauft, weil sie den Umschlag so schön fand. Der sieht jetzt ein bisschen heruntergekommen aus. Hoffentlich sagt sie nichts! Ich habe nach einem Text gesucht, mit dem ich beim Vorsprechen Eindruck schinden kann. Schließlich habe ich »Die fröhliche Wissenschaft« studiert und ein Stück aus dem Kapitel »Vom Genius der Gattung« auswendig gelernt. Der Regisseur hat nach ein paar Minuten gesagt: Danke, danke! Kannst du das noch einmal so sprechen, als ob dir das gerade eingefallen ist? Ich hatte vorher nichts von Nietzsche gelesen. Vielleicht im Religionsunterricht: Gott ist tot oder so was …

(*Er sucht in der linken Hosentasche.*) Dann habe ich hier einen Playmobil Kanonenständer, leider in der Mitte durchgebrochen. Den muss ich heute noch kleben, sonst gibt's

Ärger mit dem Freund meiner Tochter, der ist 4½. Heute Morgen war ich mit den beiden an der Spree, jeder hatte eine Kanone und jede Menge Pfefferkörner. Wir haben auf die Touristendampfer geschossen und gerufen: »Treffer versenkt!« Getroffen haben wir nie, aber es ging auch mehr um die Symbolik.

(*Er sucht in der rechten Hosentasche.*) Ein Bonusheft vom Zahnarzt, eine leere Tüte Gummibärchen, ein Taschentuch, braun, ein Kondom, rot, haltbar bis Januar 2003, die Visitenkarte des Chefreporters der »BZ«, die er mir zugesteckt hat, als ich im Dezember für einen Weihnachtsmanntest angeheuert wurde. Immer, wenn man etwas Besonderes findet – eine Großmutter mit zwei Köpfen oder einen Papagei, der »Alle meine Entchen« pfeifen kann –, dann soll man ihn anrufen!

HEUTE BIN ICH ZWEI METER GROSS UND DIE WELT GEHÖRT MIR! Ich heiße Andrea Kroth und verteile gerade Einladungen für meine erste Ausstellung. Die Karten musste ich selbst machen, nachdem der Galerist vergessen hatte, meinen Namen auf die offizielle Einladung zu drucken. Es ist eine »interaktive Galerie« in der Auguststraße, wobei mir nicht ganz klar ist, was da mit wem interagieren soll. Man könnte auch sagen: Es ist ein Gemischtwarenladen für Fotografie und Design. Aber egal! Ich bin froh, dass ich meinen »Raumfalter« dort zeigen kann.

Es ist ein Schrank auf Rollen, der keine Türen hat, aber aus drei Containern besteht, die man gegeneinander verschieben, ineinander falten und zuklappen kann. Ich kombiniere Industrieregale aus verzinktem Stahl mit Stegplatten aus einem transparenten oder wie man heute gerne sagt »transluzenten« Material.

Im Katalogtext, den ein Bekannter für mich geschrieben hat, heißt es: »Der zunehmend mobile Lebensstil erfordert Einrichtungsgegenstände, die flexibel und leicht sind und sich immer neuen Lebens- und Wohnsituationen anpassen. Ein virtuelles Nomadentum steigert die Bedeutung unserer sinnlich wahrnehmbaren Umgebung.« Wobei das mit der »sinnlich wahrnehmbaren Umgebung« von mir war.

Inzwischen lasse ich meinen Raumfalter von Handwerkern fertigen, die ersten habe ich noch selbst zurechtgesägt mit der Flex. Jetzt weiß ich, wie man damit umgeht, und habe keine Angst mehr. Eine befreundete Fotografin hat mich mal in der Werkstatt besucht und will jetzt so girliehafte Porträts von mir machen. Mit der Flex in der Hand oder mit der Bohrmaschine. Die kann man nämlich halten wie ein Maschinengewehr.

ICH HEISSE HARTMUT SCHEEL, und wenn ich die Schlüssel mal vergesse, weil ich 'ne andere Hose anziehe, muss ich mit der Leiter in meine Wohnung steigen. Ich wundere mich immer, dass mich keiner daran hindert. Von der Straße kann man zugucken, wie ich da durch das offene Fenster kletter. Die Wohnungsschlüssel sind in der Hosentasche, die Kirchenschlüssel in der Jackentasche. Und die Himmelsschlüssel? Die ham wa nich. Nee, in der evangelischen Kirche gehen wir davon aus, dass der Himmel offen ist. Da brauchen wir keinen extra Schlüssel für.

Hier habe ich noch ein gefaltetes DIN-A5-Blatt mit den Geburtstagen des heutigen Tages. Als ich neu war in Sophien, habe ich alle Gemeindemitglieder besucht, von denen ich die Daten hatte. Ein Jahr hab ich das durchgehalten. Es waren etwa 2030 Menschen, also etwa sechs Komma noch was pro Tag. Das hatte eine weite Spannbreite: Von einer halben Minute an der Tür – so der Überraschungseffekt, na ja, schönen Tag und Tschüss! – bis zu Gesprächen, wo ich dann nach einer Stunde etwas mühsam mich entfernen konnte.

Bei Wiederholungsbesuchen geh ich nur noch zu Nullen und Fünfen, und ich geh zu allen Kindern nach wie vor. Gerade stehen serienweise Frauen auf der Liste, die dreißig werden und damit große Probleme haben. Ich wollte sie trösten und ihnen versichern, dass das Schönste noch kommt, aber ich hab das Gefühl, dass mir nicht geglaubt wird.

In meiner ersten Gemeinde bekam ich einen Koffer geschenkt mit Abendmahlsgeräten, einschließlich Kerzenständer und Kreuz, da kann man einen kleinen Altar aufbauen. Ein metaphysischer Arztkoffer sozusagen, den ich aber fast nie verwendet habe. Als Seelsorger im klassischen Sinn werde ich kaum in Anspruch genommen. Ich halte das für eine Generationenfrage. Die Dreißigjährigen, die hier in Mitte wohnen, gehn lieber zum Therapeuten.

DIE SACHE MIT DEN GEBURTSTAGEN ist schon anstrengend im Rahmen einer 80-Stunden-Woche. Aber ich freue mich, einfach mal unverkrampft Menschen zu begegnen. Dann bin ich ja auch schon eine Kuriosität mit dem Fahrrad, dem Helm und den Blumen. Gelbe Rosen sind mein Markenzeichen.

Am Anfang hab ich manchmal acht Rosen gekauft und bin dann auf sechs sitzen geblieben. Jetzt mach ich das so, dass ich zwischendurch nachkaufe, dann weiß ich schon, hinter welcher Kurve der nächste Blumenladen ist. Vom Luxemburgplatz bis zum Reichstag geht mein Revier und von der Torstraße bis zur Spree.

Sophien ist eine sehr bunte Gemeinde, auch wenn bestimmte Farben fehlen. Es gibt wenig Familien, die schwerwiegende soziale Probleme haben. In den Neunzigern hatten wir pro Jahrgang 40 Kinder in der Kartei, der Jahrgang 99 hatte 80 und der Jahrgang 2000 sogar 160. Also innerhalb von zwei Jahren hat sich die Geburtenrate vervierfacht in dieser Gegend.

Es gibt hier sehr fantasievolle Formen des Zusammenlebens. Oft ist die Mutter mehr oder weniger allein erziehend, der Vater schwirrt irgendwo am Horizont herum. Es gibt Paare, die sich längst auseinander gelebt haben, aber die Erziehung der Kinder ganz pragmatisch miteinander regeln können. Das finde ich schön. Ich kenne ein Mädchen, das hat zwei »Mutters«, die leben und arbeiten miteinander, was da sonst noch läuft, weiß ich nicht. Aber es wirkt stimmig, ohne dass jemand darunter leidet.

Ich bin immer wieder erstaunt, wie groß die Skepsis ist gegenüber der Kirche und wie naiv die Gläubigkeit gegenüber dem Buddhismus und fernasiatischen Lehren bis hin zu irgendwelchem plumpen Aberglauben: »Herr Pfarrer, ich kann nicht glauben an Dinge, die ich nicht sehe«, und im nächsten Moment wird ein Horoskop aus der Tasche gezogen.

Im Alltag gibt es kaum tiefere Auseinandersetzung mit Fragen des Glaubens. Aber einmal, da hab ich eine Geburtstagsfeier gesprengt in einer Wohngemeinschaft von freien Journalistinnen. Nachdem ich gegangen war, fragten die Leute, wer ich gewesen sei. Sicher ein Betrüger! Anschließend haben die Gäste bis Mitternacht über Kirche und Religion diskutiert. Also ich löse dann doch einiges aus.

ICH BIN DANIEL LUCY, das ist meine Frau Isabell. Wir haben uns auf einer Party in Los Angeles kennen gelernt. Ein Freund hat mir gesagt: Du musst unbedingt diese Deutsche kennen lernen, die ist genial! Und ich habe gesagt: Okay! Isabell hatte damals Delfinkarten dabei, esoterische Karten, mit denen man die Zukunft voraussagen kann. Auf der Vorderseite sind drei Delfine abgebildet, die im Kreis schwimmen. Und auf der Rückseite steht ein Wort, das irgendwie nach Schicksal klingt: surrender, networking, unconditional love.

Der erste Blick von Isabell war wie ein Stromstoß. Ich sollte eine Karte ziehen. Auf der Rückseite stand: open channel … Und weil das kein Zufall war, habe ich diese Karte immer noch in der Tasche. Wieder gesehen haben wir uns an Halloween, in der Filmhochschule, wo wir beide studieren. Da haben wir uns zum ersten Mal geküsst. Isabell trug ein blaues Oben-ohne-Kostüm, eine amerikanische Fahne als Cape, und ich war wahnsinnig beeindruckt.

Zwei Monate später fragt eine Freundin aus Berlin: Warum heiratet ihr eigentlich nicht? Ich musste lachen, ich dachte damals, das ist ein Joke! Meine Mutter hat drei Mal geheiratet, ist jetzt schon wieder geschieden, und ich konnte mir überhaupt nicht vorstellen, dass ich mal denselben Fehler mache wie sie. Aber plötzlich hatte ich das Gefühl: Mit Isi, da ist alles möglich! Als wir in Las Vegas waren, haben wir uns diese Hochzeiten im Schnelldurchgang angesehn: Da gibt es Priester, die wie Elvis Presley gekleidet sind, wenn du zum Beispiel im Rock-'n'-Roll-Stil heiraten willst. Aber auch die Startrek-Version wurde angeboten.

ICH BIN ISABELL SPENGLER, das ist mein Mann Daniel. Im Rucksack habe ich ein Paar klobige Wanderstiefel für den Fall, dass ich mir Blasen laufe in meinen Hochzeitsschuhen. Es sind goldene Sandalen mit 13 Zentimeter Absatz, die ich auf dem Hollywood Boulevard gekauft habe. Heute ist die Hochzeit meines Bruders, aber ich habe auch gerade geheiratet, und zwar in einem Heißluftballon über der Wüste von Nevada. Die Zeremonie fand noch auf dem Boden statt, beim Jawort blähte sich das blaue Tuch wie eine Kuppel über unseren Köpfen.

Auf dem Foto, das wir unseren Eltern geschickt haben, gleitet der Schatten des Ballons über den Wüstensand. Es ist der Moment kurz nach dem Abheben. Ich kenne Daniel seit einem drei viertel Jahr, und natürlich haben wir aus Liebe geheiratet. Aber ich glaube, wir hätten uns mehr Zeit gelassen, wenn wir beide Amerikaner gewesen wären. So hängt meine Green Card davon ab. In den letzten Monaten habe ich Kamera geführt beim ersten amerikanischen Dogma-Film, und es wäre wirklich schade, wenn ich Los Angeles jetzt verlassen müsste.

Dann habe ich noch einen Luchs im Rucksack! Keinen echten, sondern eine Tischkartenhalterfigur aus Keramik, die mein Vater für mich gebrannt hat. Der Luchs hat Holzstäbchen als Krallen, und aus den Ohren wächst mein eigenes Haar. Früher hat meine Mutter mir manchmal die Spitzen geschnitten und sie zum Andenken aufgehoben.

Die Luchse haben Haare auf den Ohren, und als Kind habe ich das oft gezeichnet, ich war so fasziniert davon. Mein Vater hat mich überrascht, und ich habe meinen Vater überrascht, weil ich das Haar in Amerika schwarzblond gefärbt habe und vorne zwei Zöpfchen trage, die man mit etwas Fantasie als Luchsohren interpretieren kann. Ich liebe Großkatzen, und mein Mann ist ein großer Katzenliebhaber.

ICH BIN CONSTANTIN RÜGER, und das hier ist mein Tangokoffer! Es ist ein alter Hartplattenkoffer vom Flohmarkt. Ich nehme ihn immer mit, wenn ich zum Unterrichten fahre. Dann weiß ich wenigstens, dass ich nichts vergessen habe, meine Tanzschuhe zum Beispiel – die mit der glatten Sohle. Die aufgeraute Sohle brauche ich jetzt nicht mehr. Denn je mehr man tanzt, desto weniger rutscht man aus.

Mein letzter Ausrutscher war auf einer Hochzeit, die in einer entkernten Schinkelkirche gefeiert wurde. Wir tanzten auf dem leeren Altar und wollten unsere Darbietung mit einer herrlichen Senkfigur beenden, da sind wir beide aus dem Gleichgewicht geraten. Und ich habe die Dame dann –

sanft, immerhin sanft – zu Boden gleiten lassen, bin über sie gestolpert und dennoch stehend aus der Situation hervorgegangen.

Alle haben gelacht, als sie sich den Staub von den Kleidern klopfte. Der Tango auf dem Altar war nicht blasphemisch gemeint, aber irgendjemand da oben muss anderer Meinung gewesen sein, sonst hätte er uns nicht so symbolisch scheitern lassen.

Neben den Schuhen liegt meine Thermoskanne, die mir zugleich Segen ist und Fluch. Sie ist nämlich klein genug, um in meinen Koffer zu passen, und zu klein, um mit ihrem Inhalt meinen Durst zu löschen. Es folgt das obligatorische Wechsel-T-Shirt für die langen Tangonächte. Eines reicht eigentlich nicht, und ich hätte am liebsten eine Dusche in meinen Koffer eingebaut. Aber das geht ja leider nicht …

Das ist ein Stück Reichstagsverpackung, ich weiß auch nicht, warum die hier herumfliegt. Dann noch Tango-CDs, rosa Schokolinsen und jede Menge Telefonnummern von Frauen, die ich in den Salons kennen lerne. Ich rufe natürlich nicht an, denn ich bin ein verheirateter Mann und will es bleiben. Solange es der Tango allgemein, ganz allgemein ist, der meine Zeit stiehlt, drückt meine Frau ein Auge zu.

MY NAME IS LAURA KIKAUKA. Ich bin schon seit acht Jahren in Berlin, aber mein Deutsch ist nicht so gut. Meine Familie lebt in Kanada, und gerade gab es einen Todesfall. Sie haben eine harte Zeit, und ich will ihnen zeigen, dass ich in Gedanken bei ihnen bin. Heute habe ich fast zwei Stunden im Copyshop verbracht. Für meine Mum habe ich einen Artikel kopiert und ein Foto von meinem Dad. (*Das Foto liegt auf rotem Sandpapier in einem goldenen Rahmen.*) Then I did a »Fuzzy Love« album cover. And that's the happy part! (*Auf dem kopierten Cover ist ein Hund abgebildet mit hechelnder Zunge und treuem Blick.*) »Fuzzy« means »flauschig« or »wuschelig«. A dog is »fuzzy« or a man, when he doesn't shave. Mein Mann ist Komponist, aber auch Mitglied einer Rockband. Ich bin sein bestes Groupie, und für den nächsten Auftritt bastle ich eine Menge witzig merchandising things.

When they performed in the »Schmalzwald«, there was always an Überraschung like this! But the club was closed because of all those legal things, landlords and contracts and neighbours. And how could we fight against this system? (*Sie schiebt ihr Fahrrad durch den Park. Um den Rahmen ranken sich künstliche Tannenzweige. Orchideen und Plastiksalamander. Zwei Barbiebeine ragen aus dem Korb, sie tragen Schellenkränze um die Fesseln.*)

Ich bin eine bag lady und ein collect-o-holic. In der großen Tasche hier habe ich kleinere Taschen, die ich auspacke, wenn ich auf Flohmärkten und Schrottplätzen, in Souvenirgeschäften und Spielzeugläden neues Material entdecke. Meine Wohnung in der Rosenthaler Straße ist ein Gesamtkunstwerk, eine große Collage aus Kitsch und Kuriositäten. In der »Funny Farm East« komprimiere ich die sterblichen Überreste der DDR mit dem Wohlstandsmüll der BRD.

ICH BIN JOHN, DAS IST MEIN BRUDER SHELLEY, WIR SIND ZWILLINGE. Irisch. Wir waren am Müggelsee, ich war so betrunken, dass ich ins Wasser gefallen bin. (*Er kichert.*) I'm so glad, that she's my little girl, she's so glad, she's telling all the world. (*Sie drehen singend die Köpfe zueinander.*) Ich habe mit John Lennon gesungen, 1961 in Liverpool. Ich singe und kann leben davon in London, Paris und Berlin. In meiner Tasche? Ein Sack voll Hasch, aber ich werd ihn nicht verkaufen, meinen Sack voll Hasch. Wenn du mir nicht glaubst, dein Problem. (*Er setzt sich auf einen Stuhl, der mitten auf der Straße steht, schließt die Augen.*)  Ich bin ein Traum, Gott hat mir gesagt, ich mache dich zu einem wunderschönen Menschen, und ich habe gesagt: Ich nehme dein Geschenk an. (*Auf dem Asphalt steht ein Einkaufskorb, ein Dutzend leere Bierflaschen und eine tiefgefrorene Pizza Margarita. Neben dem Einkaufskorb steht eine braune Reisetasche, ein Dutzend volle Bierdosen darin, ein zerknüllter Regenmantel, ein Kamm, in dem einige graue Haare hängen, Kopfschmerztabletten und ein Stück Raufasertapete. John bricht mit dem Kopf durch die Tapete und trägt sie wie eine Halskrause.*) This is from a real DDR-apartment! (*Shelley setzt sich einen weißen Blumentopf aus Plastik auf den Kopf.*) This is from a real DDR-garden! (*Beide nehmen sich eine Dose Bier.*) All the leaves are blue, I wanna live with you. (*John singt.*) Wanna hear my story? Im August 1987 hat mich meine Frau verlassen, seitdem bin ich fertig, ich kann keine Liebe mehr machen, selbst wenn ich will, aber … (*Er will noch etwas sagen, kippt aber um, legt sich rücklings auf die Straße und schläft sofort ein.*)

ICH HEISSE PIETZNER. In meiner Tasche ist nur das Übliche: mein Hausschlüssel, mein Portemonnaie und mein Handy. Sonst nichts. (*Das Handy klingelt, er zieht es aus dem Anorak und spricht.*) Ja, ich habe den Vertrag unterschrieben. Ja. Bis nachher. Tschüss! (*Er verstaut das Handy im Anorak.*)

Wissen Sie, ich leite ein kleines Abrissunternehmen und soll ein altes Hotel am Alexanderplatz abreißen. Das heißt, so alt kann das noch gar nicht sein, denn da ist alles aus Beton. Die Zimmer sind klein und nicht besonders schön. Und weil die ja heute 540 Mark pro Nacht nehmen wollen mit Frühstück, muss das alte Hotel eben weg und ein neues her.

Heute hab ich den Vertrag unterschrieben, und im nächsten Monat komm ich mit meinem Bagger. Ich baggere gern, aber besser ist, wenn man die Häuser mit der Hand abträgt und weiß, dass die Materialien noch mal verwendet werden. Seit der Wende lebe ich in Berlin, weil es auf dem Dorf keine Arbeit gibt. Ich bin froh, dass ich meine Miete bezahlen kann, meine Kinder versorgen und meinen Hund Rex. (*Er beugt sich hinab, krault dem Hund die Ohren.*) Den nehm ich fast immer mit, das wär Tierquälerei, ihn so lange in der Wohnung allein zu lassen. – Einmal sollte ich einen katholischen Friedhof versetzen, die Steine rausreißen, die alten Bäume und so weiter. Hat man so ein Familiengrab, dann gehört es einem 25 Jahre, und danach muss man weitersehen. Aber was, wenn die 25 Jahre noch nicht um sind? Da hab ich gesagt: Den Vertrag unterschreib ich nicht! Die Toten soll man ruhen lassen!

ICH BIN MARGIT BENDOKAT und hab die Strichfassung von »Bluthochzeit« in der Tasche, das ist ein Drama von Federico García Lorca. Die Proben am Deutschen Theater beginnen im Juni. Heute Morgen fand ich in meinem Regal ein altes Programmheft von »Dona Rosita«, aus dem Akademietheater, ich weiß gar nicht, wie ich dazu komme. Da sind schöne Bilder drin, von Lorcas Welt. Weiße Häuser, an den Berghang geklammert, und enge Gassen ... Ich war noch nie in Andalusien, aber meine Augenärztin sagt, dass ich unbedingt hinfahren muss.

Ich spiele die Mutter des Bräutigams, der im Kampf getötet wird, genau wie sein Bruder. Ich kannte ja eine Bäuerin, die hat drei Kinder verloren. An die muss ich jetzt immer denken. Elisabeth Benner hieß sie. Die erste Tochter, die wurde beim Schweineschlachten verbrüht. Die zweite Tochter ist an Tuberkulose gestorben, da gab es noch kein Penicillin, da musste man in den amerikanischen Sektor gehen, und der Weg war so weit. Der Sohn ist Mitte zwanzig geworden, dann hatte er einen Motorradunfall.

Sie war ganz allein auf dem Hof und hatte eine Ausstrahlung, dass meine Kinder wie magisch angezogen waren von ihr. Sie glaubte an Gott, aber nicht mit der Kirche, sondern nur so für sich. Und das hat ihr anscheinend geholfen, mit dem ganzen Leid fertig zu werden. Das hat ihr glaubhaft gemacht, dass es so sein musste. Jetzt ist die tot! Und ich möchte noch so viel fragen: Wer ist denn das? Die ganzen Wege, die sie kannte, die Geschichten dazu. Der Hof, das verfällt alles, da lauf ich vorbei und werde traurig.

IHR MANN HATTE IM KRIEG EIN BEIN VERLOREN, der war ein schwerer Alkoholiker. Und die wusste auch, wie man sich verhält, wenn der sein Holzbein nimmt und alles erschlagen will. Und manchmal hat sie mich getröstet und gesagt: Bleib ruhig, mit Besoffenen diskutiert man nicht! Die war so klug, was das Leben betraf.

Meine Tochter Anna, die war ja früher so dünne, da sollte sie auf Päppelkur. Die Bäuerin sagte: Frag doch deine Mutter, ob du in den Ferien bei mir sein kannst? Ich war einverstanden, und dann hat sie diese ganzen Mehlschwitzen gemacht. Und die Kleine kam mit runden Oberarmen zurück nach Berlin. Maria, meine andere Tochter, wollte Schauspielerin und Sängerin werden.  Sie hatte eine wunderschöne Sopranstimme, aber auf der Bühne war sie immer so aufgeregt. Jetzt ist sie Köchin geworden, und ich finde das schön, da geht es ja auch um Improvisation.

Ich liebe die märkische Schweiz, die Alleen mit den Bäumen, die Feldsteine. Morgen früh setz ich mich gleich ins Auto und fahr nach Hasenholz. Da war ich immer, wenn ich mich vorbereiten musste für eine große Rolle, raus, raus – über die Felder, als ich Stella gemacht hab, und mit den Sträuchern geredet, mit den Wildgänsen wie eine Blöde, damit der Text ein Ziel hat.

Unser Wochenendhäuschen ist ein ehemaliger Stall, da hock ich wie 'ne olle Glucke, hack Holz, hol das Wasser von der Pumpe. Es gibt keinen Zaun und der Blick kann ins Weite schweifen. Hoffentlich bleiben wir verschont von der Welt der Baumärkte und der Fertighäuser. Ich weiß noch, als ich das erste Mal aus dem Westen zurückkam und so froh war, als ich im Osten die zerlumpte Autobahn sah. Endlich mal wieder Unkraut!

MEIN NAME IST DR. HELMUT HEMPEL. Ich habe mir gerade ein Blitzgerät gekauft und einen Hut für die Tropen. Der ist ganz weiß und hat einen breiten Rand, damit die Sonne nicht so reinscheint. In 14 Tagen fahre ich nach Ecuador und gehe mit einer Gruppe von Biologen durch den Regenwald. Das muss schön werden, das muss einfach schön werden,

denn ich habe so lange für diese Reise gespart! Ich bin etwas in Sorge, dass mich eine Fledermaus beißt. Manche übertragen die Tollwut, und eine weitere Impfung konnte ich mir nicht leisten.

In dem Koffer hier ist meine Viola da Gamba. Ich habe den Nachmittag bei einem befreundeten Ehepaar verbracht, und wir haben im Trio gespielt. Ich bin 68 Jahre alt und nehme seit einigen Jahren Unterricht auf dem Instrument. Die Renaissancemusik habe ich schon immer geliebt, aber in der DDR gab es keine Gamben. Es gab natürlich welche, aber nicht für mich. Als kleiner Junge habe ich Geige gespielt und mir 1969 sogar selbst eine Fidel zusammengeleimt, weil sie auch sechs Saiten und sieben Bünde hat, aber einen einfacheren Bau als die Gambe.

In meiner Tasche ist ein Notenheft, das schon etwas geknickt aussieht. Der Komponist war ein Engländer namens John Poper; nach einem Italienaufenthalt kam er als Giovanni Coprario zurück, und deshalb steht auf dem Deckblatt ebendieser wohlklingende Name. Die zehn Fantasien, die wir in den letzten Wochen geübt haben, konnten wir heute abschließen. Die ganze Zeit überwogen die Mollklänge, aber am Ende löste sich die Traurigkeit auf in ein strahlendes Dur. Die Stelle, wo das »b« sich plötzlich in ein »h« verwandelt, ist uns vorhin so gut gelungen, dass wir gesagt haben: Jetzt spielen wir es nicht noch mal, sondern behalten es in Erinnerung!

HALLO! ICH BIN EDYTA JANISZEWSKA. Willst du dich nicht mal verändern? Ich arbeite bei Vidal Sassoon und wir suchen noch Modelle. (*Sie teilt ihre Flyer aus.*) Du musst keine Angst haben! Erfahrene Friseure schneiden und färben deine Haare. Die Frisuren können von klassisch bis Avantgarde sein. Die Anweisungen erfolgen durch unseren Trainer. Seit fünf Jahren bin ich Cutterin, seit einigen Monaten bei Vidal Sassoon.

Ich habe angefangen, mich auf Herren zu spezialisieren, weil ich die Millimeterarbeit liebe, die scharfen Konturen, die geometrischen Schnitte. Aber ich mag auch so etwas wildere Sachen, wenn die Strähnen ganz unterschiedlich lang sind und auf dem Kopf ein bisschen Chaos herrscht. Die Herren quatschen auch nicht so viel wie die Damen; ich bin immer froh, wenn ich mich in meine Arbeit vertiefen kann und nicht über das Wetter nachdenken muss.

Ein Kollege, der bei Udo Waltz arbeitet, hat vor ein paar Tagen dem Kanzler die Haare geschnitten. Das heißt, geschnitten hat der Chef, aber mein Kollege durfte ihm die Haare waschen und war ganz aufgeregt, weil er dem Schröder ein paar Tropfen Wasser ins Gesicht gespritzt hat. Und dann ist ihm ein Missgeschick nach dem andern passiert.

Eine Frau mittleren Alters, die sich in der Türkei die Haare gefärbt hatte, kam zum Nachfärben. Auf einmal waren ihre Haare im Waschbecken und nicht mehr auf ihrem Kopf. Sie hat reklamiert, aber eigentlich konnte er gar nichts dafür. (*Sie zieht einen Kalender aus der Tasche, der in eine glitzernde Plastikfolie eingeschlagen ist.*) Hier schreibe ich die Termine auf, die ich mit den Leuten auf der Straße vereinbare. Manchmal fühle ich mich wie eine Kopfjägerin.

ICH HEISSE JOACHIM POHL und fahre mit meinem schwarzen Liegerad durch den Regen. Ich fahre so schnell wie möglich, denn meine Freundin ist krank. Sie hat Grippe. Den Ranzen habe ich seit meiner Schulzeit. Wir sind unzertrennlich! Da drin sind immer dieselben Sachen: Mein Federmäppchen, ein Kalender, ein Tagebuch und Flickzeug. Heute außerdem Mitbringsel für die Kranke: Kamillentee, ein Netz Clementinen, ein Glas »Landliebe«-Joghurt, zwei Packungen »Russischbrot«. Zuerst werden wir die Anfangsbuchstaben ihres Namens essen …

Im Seitenfach steckt ein altes Lexikon. Ich kann also nachschlagen, was »Auspacken« auf Russisch heißt. (*Er sucht die richtige Seite.*) Woitaschitch! Ich habe ein halbes Jahr in Moskau gelebt, um an der Universität Jura zu unterrichten. Ich wollte herausfinden, was der Untergang eines Staates für den Alltag bedeutet. Als ich dann vor sechs Jahren nach Berlin kam, habe ich angefangen, Russisch zu lernen, weil ich dachte: Russland fängt da an, wo die S-Bahn aufhört.

In der ehemaligen Sowjetunion kann ich in Reinkultur erleben, was sich wie ein Schleier über die DDR gelegt hat. Ich kann bestimmte Denkweisen verstehen, etwas in der Haltung, das anders ist und schwer zu beschreiben. Sonst weiß ich nicht wirklich, wozu ich die Sprache brauche. Aber sie ist schön kompliziert, das zieht mich an. Ich habe nämlich ein erotisches Verhältnis zur Sprache. Wenn ich erlesene Worte höre oder einen schönen Satz – andere empfinden das, wenn sie Musik hören. Meine Freundin zieht mich immer damit auf, dass ich der letzte Deutsche sei, der den Konjunktiv beherrsche.

ICH BIN ABDERRAHIM EN-NOSSE und habe ein silbernes Schmuckstück in der Tasche, das ich manchmal auch am Gürtel trage. Es ist ein in sich kreisender Kreis, bei den Tuareg Symbol der Unendlichkeit. Ich habe Kontakte zu einer Tuaregfamilie aus dem Niger, die mich von Zeit zu Zeit mit Schmuck beliefert. Eigentlich habe ich in Marrakesch Germanistik studiert und mich mit dem Marokko-Bild in deutschsprachigen Zeitungen und Zeitschriften beschäftigt.

Statt meinen Militärdienst zu leisten, ging ich mit einem Stipendium nach Gießen. Dort habe ich meine Magisterarbeit geschrieben über »Alltagserzählungen als soziales Rollenhandeln«. Ich wollte herausfinden, wie Sprache als Struktur Indiz sein kann für das Denken, das Milieu, die intellektuelle und soziale Persönlichkeit des Menschen. In Marokko wird alles erzählt, Nachrichten, Begebenheiten; auch Einladungen werden mündlich überbracht.

In Deutschland leben die Menschen in einem verschrifteten und sehr bürokratischen Rhythmus. Und weil sie kaum noch unmittelbar kommunizieren, sind sie mit sich in Isolation. Deshalb habe ich mich immer für die seltenen Momente interessiert, wenn die Deutschen etwas aus ihrer Biografie erzählen.

Eine Zeit lang war ich wissenschaftlicher Mitarbeiter der linguistischen Fakultät und Referent im akademischen Auslandsamt. Ich habe handlungsorientierte Projekte in ganz Europa geleitet und mich anschließend selbstständig gemacht. Jetzt vermarkte ich marokkanische Wohnaccessoires und von Zeit zu Zeit auch Tuaregschmuck aus dem Niger. Und ich denke, dass ich die Produkte gut kommunizieren kann. Mein Unternehmen heißt: Events of art.

ICH HEISSE LILIANA FISCHER und komme gerade von der Arbeit. Da haben sie mich heute gefragt, ob ich Bier ausschenken will, weil ich ein Dirndl trage und diesen Hut mit den Blumen. Ob ich mich im Bundesland geirrt hätte ... Kleidung ist für mich ein Lebensgefühl. Und da haben Sie schon die Antwort auf die Frage, warum ich das trage.

Ich arbeite als Sekretärin bei der Schering AG, da braucht man ab und zu ein bisschen Englisch, und da ich es in der Schule nicht hatte, muss ich es jetzt nachholen. In der Tasche ist mein Heft, das heißt, ich lerne in der S-Bahn für meinen Unterricht diese Woche Mittwoch. Unser Lehrer macht das so aus dem Lameng, ein bisschen Small Talk, ein paar Vokabeln. (*Sie zieht eine rosa Karteikarte aus einem Stapel, spricht fast akzentfrei.*) Would you like to try? Wollen Sie probieren?

Meine Tochter muss heute Abend noch einen Aufsatz schreiben über den Alltag zur Zeit des Nationalsozialismus. Das ist Hausaufgabe in Deutsch. Meine Tochter ist sehr selbstständig, aber wenn sie mal nicht weiterkommt, dann unterstütze ich sie gern. Heute habe ich im Internet ein bisschen herumgeschaut und mir das eine oder andere ausgedruckt.

Zwischen den ganzen Unterlagen versteckt sich noch ein Handbuch: Die neuen Erkenntnisse von Celestine. Die schreibt eben über die spirituelle Bewusstseinsentwicklung in unserer heutigen Gesellschaft, dass sich die Menschen immer mehr von den Naturgesetzen abwenden, und über Energieflüsse. Wenn ich mit einem Menschen auf der Straße spreche, dann schenke ich ihm für einen Moment meine Energie und hole sie mir anschließend zurück. Das geht so ein bisschen in diese Richtung.

ICH HEISSE HILDE SEELBACH und in meiner Tasche sind zwei Sachen: Ein Handy und ein Prospekt von einem der 33 buddhistischen Zentren in Berlin. Manchmal vergesse ich das Handy auszuschalten, und dann bin ich mitten im Nirwana, wenn es klingelt. Ich bin in meinem Leben drei Mal getauft worden. Ein Mal in der evangelischen Kirche, ein Mal bei den Baptisten und ein Mal in der katholischen Kirche. Meine Zeit als Baptistin ging mit einer entsetzlichen Erfahrung zu Ende:

Ich arbeitete damals als Schwesternschülerin in einem Krankenhaus und hatte mich mit Hepatitis angesteckt. Jedenfalls waren meine Augen gelb, als ich nach Hause kam, und meine Mutter zitierte die Bibel: »Ist jemand krank unter euch, so lasse er die Ältesten rufen, sie sollen über ihn beten. Er soll seine Sünden bekennen, sie werden ihm die Hände auflegen und er wird gesund werden.«

Sie schleppte mich zu einer Sekte, die das Reich Gottes täglich anheben sah, und ließ drei Tage und drei Nächte über mir beten. Ein ehemaliger Schuster meinte nun, vom heiligen Geist besonders ausgerüstet zu sein. Er sagte, er sähe an den Zacken in meinen Pupillen, dass ich von Dämonen besessen sei. Nach drei Tagen und drei Nächten hatte ich das Letzte gebeichtet, was ich nur beichten konnte. Als Fünfjährige gestohlen und so weiter. Ich war leer und sagte: »Ich weiß nichts mehr.« Der Schuster sah mir in die Augen und sagte: »Du lügst.«

Das war der Wendepunkt: Ich wusste, dass ich nicht lüge, und versagte ihm den Gehorsam. Die Hepatitis kam nicht zum Ausbruch, dafür war ich sechs Wochen lang depressiv. Wenn ich etwas sagen wollte, rief meine Mutter: »Hört nicht auf das Kind! Es ist der Teufel!« Von 1959 bis 1999 tobte ein Glaubenskrieg zwischen mir und meinen Eltern, der erst durch ihren Tod beendet wurde.

HIER BIN ICH WIEDER: HILDE SEELBACH, Sie erinnern sich? Diesmal habe einen kleinen Einkaufswagen bei mir, der hat ein Rad ab. Es gibt auch Menschen, die ein Rad abhaben.

Ich werde von keinem Menschen für normal erachtet, und ich lege auch keinen Wert auf diese Art von Normalität. In meiner Bücherei gibt es einen Tisch mit einem Schild: Hilde Seelbach zur freien Verfügung. Und da sammelt sich dann, was die Leute nicht mehr haben wollen.

Nicht, dass ich die Sachen horte, um sie zu behalten, sondern um sie sofort weiterzugeben. Ich bin Abfallvermeidungsfreak und weiß einfach für alles einen Verwendungszweck. Ich kenne einen Mann, der das Rad ergänzen, und ein Kind, das mit dem Wagen spielen kann. Wir sind eine 4-Millionen-Stadt, da geht es nur darum zu kombinieren: Was macht jemandem Freude?

Ich habe mir für fünfzig Mark im Monat eine Halle gemietet, wo die Sachen zwischengelagert werden, Sachen, in denen menschlicher Geist und menschliche Energie eingeschlossen sind und auf Freisetzung warten. Vor ein paar Tagen konnte ich zum Beispiel einer Theatergruppe helfen, die eine Performance mit kaputten Regenschirmen machen will.

Gestern habe ich eine Schnapsflasche mit Weihwasser gefüllt und einem Obersünder auf den Schreibtisch gestellt, als

Scherzartikel. Heute Morgen habe ich zwei Steine aufgehoben, die ich meinem Vorgesetzten in den Weg legen werde. Seit Wochen trage ich einen schwarzen Lackschuh mit mir herum, den ich auf der Voltastraße liegen sah. Ich halte es für meine demokratische Pflicht, im Offenen Kanal zu senden, weil es den Offenen Kanal gibt. Ich nehme mir jedes Mal vor, den Schuh in meiner Sendung hochzuhalten und zu fragen: »Hallo! Welchem Aschenputtel gehört dieser Schuh?«

ICH HEISSE WERNER PEIN und habe drei Videobänder in der Tasche. Es sind Mitschnitte der Sendungen im Offenen Kanal, die ich als Bildregisseur betreut habe: Bei Pfeiffers ist Ball. Didos Musikshow. Der Sinn des Lebens. – Da ist schon ein gewisses Denken erforderlich, um das gut zu machen. Man muss die Szenenabläufe kennen, wissen, wo mach ich einen Schnitt, wo einen Gegenschnitt, wie krieg ich einen Rhythmus in das Ganze. Das alles ist mein Hobby!

Von Beruf war ich im technischen Bereich Prüfer bei Siemens gewesen, vierzig Jahre lang habe ich Schwingquarze geprüft. Ich habe nicht schlecht verdient, hatte Alterssicherung und so weiter. Aber ich konnte mich nicht entfalten. Nach meiner Pensionierung habe ich in einem Kommunikationszentrum die Hilde kennen gelernt, die hat mich dann mitgenommen in das Studio des Offenen Kanals. Das war ein Geschenk Gottes, die vielen Menschen, denen man da begegnet, einfache Menschen und Doktoren.

Als Kind war ich immer bei Atze Brauner draußen, wenn Filme gedreht wurden, und hab geschaut, wie die das da machen mit dem Licht. Aber meine Eltern wollten nicht, dass ich dahin gehe. Ich durfte auch nicht Toningenieur werden, obwohl ich die klassische Musik über alles liebe. Sie haben mir eigentlich fast alles verboten und mich gehalten wie einen Gefangenen. Die 36 Quadratmeter kleine Wohnung in Berlin-Haselhorst, in der ich geboren wurde, habe ich nie verlassen.

Obwohl meine Eltern schon lange tot sind, konnte ich mich erst vor zwei Jahren aus ihren Fesseln befreien. Jetzt habe ich eine Freundin, wir hören Dvořák und machen Ausflüge in die Mark Brandenburg. Ana-Maria sagt: Ich bin aufgebrochen wie eine Knospe. Früher habe ich nur nachgeplappert, was in den Zeitungen stand. Da war kein eigener Gedanke, kein eigenes Gefühl. Und plötzlich bin ich da, plötzlich kann ich reden. Das muss man sich mal vorstellen: Mit 63 Jahren habe ich angefangen zu leben!

ICH HEISSE ANA-MARIA ALFÖLDY und stricke immer, ich stricke fast den ganzen Tag. Das beruhigt mich. Meine Mutter hat mit Strickmaschinen gearbeitet nach dem Krieg. Sie musste arbeiten, um uns durchzubringen. Aber sie war die Tochter eines reichen Fabrikanten, hatte noch nie in ihrem

Leben gearbeitet und konnte mit Geld einfach nicht umgehen. Wir haben immer Schulden gehabt, und das war eine solche Last, die auf mir ruhte.

In der Schule habe ich mich geschämt, ich ging nicht mehr hin, ich konnte nicht aufnehmen, was da gesprochen wurde. In den Tagen, als meine Mutter Selbstmord begehen wollte, hat sie mir gesagt, dass nicht der Alföldy mein Vater ist, sondern der Dr. Kupfer. Ich dachte, was macht das schon, ich kenne weder den einen noch den anderen.

Meine Mutter war eine auffallend schöne Frau. Sie hatte grüne Augen, eine Haut wie aus Porzellan. Als sie 22 war, sollte sie verheiratet werden mit einem Fabrikanten. Sie wollte einen andern, aber der war nicht standesgemäß. Da hat sie sich den Kopf kahl geschoren, ist durch die Straßen gelaufen und hat sich geschworen: Der Mann, der mich jetzt noch anschaut, soll mich haben. Das war der Alföldy. Sie ist sofort mit ihm zusammengezogen, um sich dem Terror ihrer Stiefmutter zu entziehen. Aber ihr Mann hat sie genauso terrorisiert.

Nach der Geburt meines Halbbruders bekam sie eine Entzündung und ging zum Frauenarzt. Das war der Dr. Kupfer. Sie trafen sich heimlich, denn er war bereits verheiratet. Ich glaube, dass meine Mutter ihn sehr geliebt hat. Er war Jude und musste nach Ausbruch des Krieges mit seiner Familie ins Ghetto ziehen. Sie konnten flüchten, wurden an der ungarischen Grenze aber gefasst und waren bis zum Ende des Krieges in einem Internierungslager in Rumänien.

MEINE MUTTER WOLLTE NACH AMERIKA AUSWANDERN. Der Alföldy war an der Front, der konnte sie nicht aufhalten. Als wir am Hamburger Hafen standen und auf das Schiff warteten, war der Krieg auf einmal zu Ende. Da war ich vier Jahre alt. Wir sind dann in den Harz gezogen, meine Mutter hat angefangen zu arbeiten und war fast nie zu Hause. Wenn sie zurückkam, fuhr sie manchmal mit der Hand durch mein Haar, weil ich das Kind ihrer Liebe war.

Mein Halbbruder hat mich gequält, wo er nur konnte. Man hat mir berichtet, dass er jetzt in einem Wohnheim für Obdachlose lebt und Bücher über Steuerrecht schreibt. Meine Mutter hat sich nicht umgebracht, weil sie Krebs bekommen hat. Sie wollte sich nicht behandeln lassen, das war ihre Form des Selbstmords.

Mein Vater war Arzt und Schriftsteller. Ich wollte ihn besuchen, aber ich konnte nicht. Da war der Eiserne Vorhang. Und als ich einreisen durfte, war mein Vater schon gestorben. An Krebs. Das war zu viel für mich. Ich hatte auf einmal so Worte im Kopf, aber ich konnte sie nicht mehr fassen. Die Welt war nichts, was sich in einem Satz ordnen ließ.

Jahre später erfuhr ich, dass ich noch zwei andere Halbbrüder habe. Pali Rez ist einer der bekanntesten Literaturkritiker Ungarns. Ich nahm den Zug nach Budapest, aber ich wusste nicht, wie ich mich ihm nähern sollte. Wer war ich denn? Ich wollte einen Brief schreiben, dass ich seine Bücher gelesen habe und mich dafür interessiere. Aber ich hatte sie nicht gelesen und konnte auch nicht gut Ungarisch. Obwohl ich in der deutschen Schule immer gehänselt wurde, weil ich Ungarin war. – Ich hätte gehört, wir hätten denselben Vater, sagte ich am Telefon. Pali lud mich ein und war sehr freundlich. Jetzt stricke ich eine grüne Zipfelmütze für ihn, ich bin zufrieden.

ICH BIN FABIAN LÖWENBERG und zum fünften Mal in diesem Jahr umgezogen. Deshalb habe ich ein altes amerikanisches Telefon in meinem Rucksack. Ein Geschenk des Bierbrauers John Eisenstein aus San Francisco. So ein Telefon sieht man in den frühen Woody-Allen-Filmen, das hat diesen Lockruf, den würde ich jetzt gerne vormachen: Dring-Dring ... Dring-Dring ... So ungefähr!

Eben war ich bei Saturn Hansa, um mir ein analoges Anschlusskabel zu kaufen. Zum Glück habe ich gleich das Passende gefunden. In diese Unterwelt mit Rolltreppe kann man nur gehen, um etwas ganz Bestimmtes zu kaufen. Wenn man es nicht findet und unverrichteter Dinge wieder weggeht, dann hat man ein leeres, schales Gefühl. Das ist wirklich ein Angriff auf die Seele, dieses Saturn Hansa!

Dann sind noch zwei ausgedruckte E-Mails in der Geheimtasche meines Rucksacks, der Rundbrief von einer dänischen Freundin, die ich in Südafrika kennen gelernt habe. Sie hat letzte Woche ihren dreißigsten Geburtstag gefeiert, und zwar in einem Haus am Meer. Es war ein magisches Fest: Die Zusammensetzung der Leute stimmte, die Chemie. Wir haben drei Tage miteinander verbracht, sind nachts in die Wellen gerannt, haben gekocht, gut gegessen und getrunken, haben auf den Sofas herumgelegen, geredet und gelacht, dann wieder getanzt und Musik gemacht.

»To all you sweet sweet people that traveled seas and oceans to come and celebrate with us here in Ahuus. It was so good to have you here, it has taken some time for me to get some form of normality. You've filled up a hole, which I have here not having many friends close by. But you showed me that it doesn't matter how far we live from each other, there are true connections out there.«

ICH HEISSE JULIANE KOSAREV und habe eine Tüte Studentenfutter in meiner Manteltasche. Die passte zufällig auch genau hinein, so dass ich unmittelbar ins Studentenfutter greifen konnte, wenn ich in meine Manteltasche griff beim Warten auf die Vorstellung in Halle 23. Ich liebe das Futtern und vor allem das Studieren. Ich denke, es gibt keine herrlichere Lebensbetätigung als etwas Neues zu lernen. Jetzt sind nur noch zwei Erdnüsse und drei Rosinen in der Tüte, weil ich so hungrig war nach der Arbeit.

Ich spiele mit meiner Truppe jeden Tag in Halle 6, und

zwar verschiedene Szenen über Fragen der Ernährung. In der anderen Manteltasche habe ich noch ein Päckchen Gauloises, die leichten – liberté toujours! Was ich nicht in der Tasche habe, ist ein Feuerzeug, weil ich meins schon wieder verschludert habe. In Zeiten der inneren Sammlung bin ich fanatisch ordentlich und in Zeiten der Nichtsammlung bin ich fanatisch schluderig, da verliere ich nicht nur Feuerzeuge, sondern auch Liebhaber, das ist eine sehr verwerfliche Eigenschaft!

Der letzte ist wirklich wie ein Feuerzeug aus meiner Manteltasche herausgepurzelt. Das ist noch gar nicht so lange her: Ich habe viel gearbeitet, er hat woanders viel gearbeitet. Man sah sich seltener, man traf sich auf der Expo wieder und stellte in heiterer Übereinstimmung fest, dass es schön war, aber dass es eigentlich auch keinen Sinn macht.

Er ist auch Schauspieler, und Schauspieler haben ja die Fähigkeit geschult, sich sehr stark in den Augenblick hineinzubegeben. Wenn sie nicht nur Interpreten sind, sondern schöpferische Menschen, dann leben sie von der Inspiration, wo andere von der Liebe leben.

VINZENZ KÜMMERT HEISS ICH, die meisten nennen mich Vinz. Ich bin also a Durchschnittsmensch. Also normal hab ich net viel in der Tasche. Zigaretten, zwei Feuerzeuge, eine Kamera – aber ich mach ganz wenig Bilder. Wenn ich etwas g'sehn hab, dann ist das in Ordnung. Ein Fotoalbum, das brauch ich net. Wir sind vier Dach in Berlin. 1981 war ich scho ma do – hauptsächlich wegen dem Fußballspiel Hertha BSC gegen Bremen. Jetzt wieder wegen der Wiedervereinigung.

Heute machen wir so 'ne Stadtrundfahrt, so a große so. Erst Hackesche Höfe, dann Reichstag und Essen in der Bay-

rischen Landesvertretung. Wir treffen uns mit dem Bundestagsabgeordneten Wolfgang Zöller, vom CSU-Ortsverband geht das aus. Aber ich bin SPDler. Am Abend gehn wir in den Friedrichstadtpalast. Mal schaun, was das überhaupt ist, ich waas ja nit. Auf jeden Fall sagen se, das soll schön sein.

(*Vier etwa zehnjährige Jungs umringen ihn. Sie tragen T-Shirts mit dem Aufdruck der »Bachgrundmusikanten«. Auf der Rückseite steht als Sponsor »die Fahrschule Breitenbach«.*) Das ist Jungvolk in unserem Blasmusikverein. Beim Frühlingsfest in Hundsbach haben sie die Buckelpolka gespielt. Zwei spielen Trompete, einer Posaune und einer Horn. Ich spiel nichts. Ich bin der Wirt – sieht man ja! (*Er klopft sich auf den Bauch.*)

Aber das Ausschenken ist mein Hobby. Von Beruf bin ich Maurer. Vor fünf Jahren haben wir ein Sportheim gebaut mit Kegelbahn. Und wer im Veran is, muss mit anpacken. Ich bin immer freundlich, nur am Ende nicht, wenn se heim solle. Bis zwei Uhr nachts am Zapfhahn und früh um fünf wieder raus! Das geht amal zwei Dach, dann ist aber zappenduster.

ICH BIN MAREN BEIBOKS und habe meine Eintrittskarte für die Expo im Brustbeutel und noch einen Zettel, wo draufsteht, was wann wo ist. Meine Eltern haben mich heute früh schon um sieben Uhr geweckt, wir haben Pia abgeholt, meine Freundin, und dann haben wir den Zug nach Hannover genommen. Mir gefällt das hier, außer dass man so viel laufen muss, wenn man zu einer bestimmten Halle will.

Mein Film ist voll, ich hab ganz viele tolle Fotos gemacht, auch von dem Schwein. In der Halle 6 von dem Themenpark, da ist im Eingang so ein goldenes Schwein, das blinkt immer an bestimmten Stellen. Und ganz in der Nähe war eine Telefonzelle, die war mit Wasser gefüllt und Goldfische schwammen drinnen. Da hab ich ganz lange davor gestanden. Danach hab ich das Foto von dem Ochsen gemacht, der hier mit dem Motorrad rumfährt, so 'n Ochse aus Holz, und da sitzt jemand drauf und hat halt unter dem Schwanz so einen Auspuff.

Ich hab schon viel gesehen, aber ich weiß gar nicht mehr, von welchen Ländern das alles so ist. Das von Arabien war das, glaub ich, das fand ich ganz gut. Die Leute waren richtig arabisch gekleidet, hatten weiße Kleider an und rote Kappen auf. Da war so 'ne Burg und dann standen Bänke in so 'ne Art Kreis, da konnte man sich hinsetzen und Tee trinken. Das war ganz gemütlich! Der deutsche Pavillon, der war so technisch. Diese ganzen Bildschirme, das fand ich nicht so gut. An der Brücke, die heißt »bridge of the future«, da haben sie jetzt Gitter und Netze hingemacht, damit niemand mehr runterfällt. Mein Vater hat gesagt, dass zwei Menschen gestorben sind, weil sie sich zu weit über die Brüstung gelehnt haben.

ICH HEISSE REINER VON KLINGELBIEL und mein Koffer ist leer. Ich sitze im Waschsalon und verkürze mir die Wartezeit mit der »BZ«. Ich kauf die eigentlich sonst nich, aber ich dachte, jetzt haben sie ein neues Fahndungsfoto von einem Triebtäter – dabei war es das Antlitz Jesu, computeranimiert. Wenn er wirklich so ausgesehen hat, wundert man sich nich, dass die Hohen Priester und Pontius Pilatus dem Kerl nicht übertriebenes Vertrauen entgegenbrachten. Der Blick ist stier, der Mund vulgär, die Nase schief. Die niedrige Stirn lässt nicht auf hohe Geistesflüge schließen. Man glaubt kaum, dass es für die Berchpredigt gereicht hat.

Auf Grund welcher Daten dieses Porträt erstellt wurde,

bleibt das Geheimnis der »BZ«. Da er mit Leib und Seele in den Himmel aufgefahren ist, gibt es ja keine irdischen Relikte. Also, ähhh, vielleicht haben die das mit dem Schädel vom Neandertaler durcheinander gekricht. Es gibt dieses Grabtuch in Turin, aber die Kirche hat ausdrücklich verdammt, dass da irgendwelche Stoffproben entnommen werden. Das Gleiche gilt für das Schweißtuch der heiligen Veronika. Die hat Jesus auf dem Weg nach Golgatha ihr Taschentuch gereicht, und so soll ein genauer Abdruck der Gesichtszüge entstanden sein.

Ja, es gibt merkwürdige Reliquien. Zum Beispiel habe ich selbst mit eigenen Augen gesehen, dass in einer Kirche in Venedig unter einem Glassturz drei Tropfen der Milch der heiligen Machiata aufbewahrt werden. Und das praeputium Jesu tauchte gleich in drei verschiedenen Kirchen auf. Es gab auch eine Heilige, ich glaube, sie hieß Fauna und lebte im 16. Jahrhundert, die hat sich viele Gedanken über das praeputium Jesu gemacht und sogar ein Buch geschrieben, das firmiert unter »Die Vorhautmystik der heiligen Fauna«. Sie träumte davon, dass das praeputium, von Strahlen umkränzt, ihr direkt in den Mund fliecht ... Aber über so was spricht man ja eigentlich nich.

MEINE MUTTER SAGTE IMMER: Reiner, den Charakter einer Frau erkennt man am Inhalt ihrer Handtasche. Bei Männern ist das schon schwieriger, die haben nich so viel dabei. Ich bin immer mit meiner Kamera unterwegs, weil ich gerne Häuser und Menschen fotografiere. Es ist eine ganz einfache Kamera, wo ich nur draufdrücken muss. Ich lese viel Zeitung, in Oldenburch, wo ich gebürtig bin, habe ich auch manchmal für die Sonntagsbeilage geschrieben, die heißt »Leuchtfeuer«.

Ich schreibe gern über Schlösser und Gärten und irgendwelche berühmten Leute, die aus der Gegend stammen. Ich habe auch noch ein dickes Manuskript zu Hause liegen mit  den Lebensbildern der Großherzöge, die zwischen 1872 und 1918 in Oldenburch regiert haben. Mein Großvater war Rechtsanwalt beim letzten Großherzog, und meine Mutter ist noch mit den beiden Prinzessinnen erzogen worden.

Ich habe die Fachschule für Bibliothekare besucht und bis 1989 in Oldenburch gelebt. Als meine Mutter starb, dachte ich: Es ist noch nicht zu spät, um etwas Neues anzufangen. Jetzt arbeite ich in der Staatsbibliothek »Unter den Linden«, geh in die Oper oder zur Verleihung der Goldenen Kamera. Einmal war ich bei einer Fürstenhochzeit auf Schloss Sanssouci. Aber das Größte, was ich mal mitgemacht habe, war die Eröffnung des Hotel Adlon.

Es war ein furchtbar heißer Tag im August und wir waren durchgeschwitzt bis aufs Hemd, als wir ankamen. Es gab eine ellenlange Menüfolge, und am Ende waren die Herren alle zu faul, noch zu tanzen. Die Damen saßen da wie welke Mauerblümchen, und ich hab dann eine nach der andern aufgefordert. Seitdem schickt mir die Organisatorin jetzt immer Einladungen, wenn da Bälle sind.

ICH HEISSE PAUL BIJLSFA und in der kleinen Tüte, da ist ein schwarzes Handtuch. Ich habe es gerade erst gekauft, es war nicht ganz billig, aber dafür ist es wenigstens schwarz. Ich habe erst bei den billigen Handtüchern geschaut, aber die billigen Handtücher haben alle so schreckliche Farben, dass ich dann doch zu den teuren Handtüchern gegangen bin, weil ich dachte: Eigentlich habe ich so viele Handtücher zu Hause, und wenn ich jetzt noch eins kaufe, dann muss es edel sein und schwarz.

Seitdem ich fünfzehn bin, trage ich fast nur schwarze Kleidung, ich habe kaum Sachen, die nicht schwarz sind, und die sind grau. Damals hat das angefangen, dass ich dachte: Ich bin anders als die anderen. Etwas in meinen Gedanken ist anders, in meinem Verhalten, in meinem Geschmack. Die Kleidung, die Möbel, die Musik, alles, was ich vorfand, alles, was man mir anbot, war für mich nicht gemacht. Eben Mainstream. Dann ging ich in einen Club, der hieß: »Nur wenige sind im Park«. Dort wurde eine Musik gespielt, in der ich irgendwie zu Hause war, da ging es mir besser.

Gerade wollte ich eine Dusche nehmen und war schon halb nackt, als ich merkte, dass ich mein Handtuch zu Hause vergessen habe. Ich hatte es schon aus dem Schrank genommen und auf das Bett gelegt, aber dann doch vergessen, es in die Reisetasche zu packen. In der Jugendherberge ist die Dusche auf dem Gang, und es wird erwartet, dass die Jugendlichen ihre Handtücher selbst mitbringen. Das hätte ich auch gemacht, wenn ich in Amsterdam nicht so hastig aufgebrochen wäre. Ich will jetzt nicht mehr in Amsterdam leben, sondern in Berlin. In Amsterdam ist alles so anständig geworden, die alten Häuser sind abgerissen, die alternativen Clubs geschlossen. Ich fange noch einmal ganz von vorne an: Neue Wohnung, neue Arbeit, neue Musik.

ICH HEISSE MILENA FESSMANN und hatte ein ganz tolles altmodisches Portemonnaie mit so Glitzer drauf – das ist mir geklaut worden. Das hier mit den Rosen ist etwas zu klein, die Geldscheine sind immer ganz verknuddelt, und beim Bezahlen wird man böse angeguckt. Haarspray habe ich dabei, aus dem letzten Skiurlaub noch Piz Buin Sunblocker und hauchdünne Pfefferminzblättchen, die man sich auf die Zunge legt. Sehen aus wie Drogen, sind aber keine.

Das Wichtigste in meiner Handtasche ist mein Filofax,

wenn ich das einmal verlieren sollte, das wäre hart. Da sind Hunderte von Zetteln drin, Visitenkarten von Journalisten, Plattenfirmen und so weiter. Ich moderiere eine Musiksendung bei Radio1 und mache Musikberatung für Filme. Im deutschen Film wird die Musik oft nur als Tapete benutzt, und keiner fragt sich, wie man da mal ein bisschen kreativer rangehen kann.

Ich finde es gut, wenn Bild und Musik wirklich eine Symbiose eingehen, und weil ich sowieso viel mit der Szene zu tun habe, kam mir irgendwann die Idee. Musik ist total meine Sprache, mein Auto ist voll mit Kassetten, weil ich das Gefühl hab, bei jeder Lebenslage brauch ich die absolut richtige Musik. In meiner Sendung reicht das Spektrum von House bis AC/DC.

Als Moderatorin bin ich letztlich doch eine Serviceperson, den Hörern ist nicht gedient, wenn ich das Leid der Welt über sie ausgieße. Aber ich muss mich auch nicht verstellen und so tun, als hätte ich gerade geheiratet und die Liebe meines Lebens gefunden, um 7.05 Uhr am Morgen. (*Sie zieht nach einigem Suchen eine Visitenkarte aus dem Filofax.*) Jetzt hab ich sie! Da steht der Name eines Freundes und darunter: Diplomschwerenöter.

ICH HEISSE OLIVER und komme gerade vom Arbeitsgericht, wo ich einen Prozess gewonnen habe. Ein freier Mitarbeiter hat meine Firma betrogen und anschließend auf Festanstellung geklagt. In meiner Tasche sind die Akten, dann einige Prospekte und die Bedienungsanleitung einer Alarmanlage. Bei mir wurde nämlich vor ein paar Wochen eingebrochen. Außer einer Vase aus Meißener Porzellan fehlte nicht viel. Nur etwas thailändisches Geld, das kaum mehr als dreißig Mark wert war.

Aber wenn man nach Hause kommt und sieht, wie Unterwäsche und Briefe durchwühlt, wie Bücher aus den Regalen gerissen wurden, empfindet man den Einbruch wie eine Verletzung des eigenen Körpers. Also habe ich einen höheren Zaun bauen und eine Alarmanlage installieren lassen. Jetzt muss ich keine Angst mehr haben, dass Einbrecher kommen, sondern nur noch, dass ich aus Versehen die Alarmanlage auslöse. (*Er lächelt.*) Vielleicht hat so ein Einbruch auch etwas Heilsames.

Man fragt sich, welche Dinge man verlieren möchte und welche nicht. Zum Beispiel besitze ich eine wunderschöne Skulptur. Es ist eine Frau mit halb gelöstem Haar, die so seltsam die Arme ausbreitet. Sie hat mich schon als Kind sehr beeindruckt, als sie im Haus einer reichen Tante stand, die ich an Sonntagen immer besuchen musste. Ich erinnere mich noch an die übertriebene Freundlichkeit meiner Eltern.

Als die Tante starb, bekam ich die Skulptur. Den Baum

vor dem Fenster habe ich gefällt, weil er zu viel Licht geschluckt hat. Vorhin habe ich mir Grassamen gekauft, die ich auf der kahlen Stelle im Garten aussäen will. (*Auf dem raschelnden Päckchen steht das Wort »Erfolgsgarantie«.*) Aber es ist Winter, und ich weiß nicht, ob sie schon aufgehen.

ICH HEISSE OLAF ELIAS und habe hier ein Klappmesser französischer Bauart. Das brauche ich, um alte Stricke durchzuschneiden. Oder beim Auspreisen. Seit einem Jahrzehnt handle ich mit historischen Bauelementen. Nach der Wende lagen bergeweise Fenster, Türen, Deckenbalken und Sandsteine auf der Straße herum, beste Qualitätsbaustoffe, die eigentlich eine Lebenszeit von mehreren hundert Jahren haben. Da begann meine Sammelwut.

Mit einem Lkw, der einen kleinen Kran auf der Ladefläche hat, bin ich herumgefahren und habe die Schätze geborgen. Ich lagere sie in Marwitz, einem Dorf in der Mark Brandenburg. Dort habe ich das ehemalige Schweinekombinat gepachtet, riesige Ställe, in denen früher viertausend Schweine gemästet wurden. Die Ställe sind jetzt blau gestrichen und gefüllt mit Lampen, Spiegeln, Schaukelpferden, lauter Zitaten aus der alten Welt.

Die Futterhalle hat sich in einen Festsaal verwandelt, der von einer langen Tafel durchmessen wird. Für unsere traditionelle Nikolausfeier haben wir sie mit Walnüssen, Äpfeln und Orangen geschmückt. Ein Cello spielt, Kinder rennen durch die Gegend und ein Clown, der nicht besonders lustig ist. Die Kerzen flackern auf der Treppe, die Paare versorgen sich gegenseitig mit Tee und Gebäck, fläzen sich auf den abgewetzten Sofas vor dem Kamin.

Wir hatten schon zwei Brände auf dem Gelände. Es war Brandstiftung, ein junger Feuerwehrmann, der sich beim Löschen hervortun wollte. Leider ist so meine ganze DDR-Sammlung in Flammen aufgegangen, die Spruchbänder von der Grenze. Der Feuerwehrmann hatte einen Komplizen, der im Suff geplaudert hat.

MEIER, FRITZ. Ich lebe in Eichstädt, Mark Brandenburg. '45 im Mai jelandet. Zujezogen aus Westpreußen, Polen. In der Tasche hab ick wenig, aber viel erlebt. Also een Messer, zwee Taschentücher und die Schlüssel, wo ick wohne. Meen Küchenwunder wird mich schon erwarten, meene Heimleiterin, oder soll ick Süße sagen? Also wenn eene Frau nich richtig kochen kann, keenen Eintopf, dit is schlecht, dann muss se draußen bleiben.

Fürstenwalde kenn ick, da war ick uff Montage, wie ick

noch jung und hübsch war! Und zum Schluss bin ick jelandet inner Ofenbude in Velten, da hat die DDR 'n großet Kreuz dranjemacht. Heute is das een Museum, allet orijinal! Ick war Brenner, ick habe die Öfen jebrannt. Sie hätten mal unten rinkommen sollen, wenn ick abjeschlackt habe, vier Öfen abschlacken, die Gase, heute merk ick dit. So – allet einwandfrei, aber die Puste, jo – der Dreck, das schwarze Zeuch inner Spucke.

Dies Jahr war ick im Krankenhaus zum ersten Mal, Ärger mit dem Atmen. Was mein se, was da für eine Hitze rausgekommen is, wenn man die Klappen hochjemacht hat und die Schlacke uff die Karre. Die janze Glut wurde runterjebrannt, die Roste frei, raus, unten rinn. Und die Wände, die warn ja richtig glühend, da ham wir frisch Kohle rinjeschippt.

Kohle und Kohle waren zweierlei – damals, DDR-Zeit. Und zwischendurch ham wir durchjestoßen, ham de Stücken so rausjenommen. Und dann sind wir Baden jejangen, dann war Feierabend. Meistens hat man durchjehalten, een Anzug die Woche. Aaaah, aber den konnt man dann hinstellen, vor Schweiß und so wat allet … Aber ich will janz offen sajen: Is ne schöne Zeit jewesn!

ICH BIN KATI und habe einen Handschuh in der Tasche, leider nur noch einen, den anderen habe ich verloren. Ich verliere meine Handschuhe immer, in diesem Winter ist es schon der dritte. Ich kaufe mir solche, die zu meiner Mütze passen: Es ist eine echte Norwegermütze, denn ich habe in Norwegen eine Freundin, die sie für mich gestrickt hat. Am besten sind

Fingerhandschuhe, über die man noch einen halben Fäustling streifen kann. Denn meine Finger müssen beweglich sein, wenn ich die Maronen in die Papiertüte fülle und die Markstücke zähle.

In meinem Rucksack sind noch ein paar Klingen für das Teppichmesser, mit dem ich die Maronen aufschlitze. Ich habe den Stand schon das zweite Jahr, jedes Wochenende stehe ich auf dem Weihnachtsmarkt vor der Sophienkirche. Den Rost habe ich einem Mann abgekauft, der auf Glühwein umgestiegen ist. Und den Tisch hat mein Vater für mich gebaut, im Holz ist ein Untersetzer eingelassen für die Tassen mit dem Yogitee, den ich auch verkaufe. Die Standgebühren sind hoch, und ich musste mir noch ein Getränk einfallen lassen, das selten ausgeschenkt wird. Ich erwärme das Wasser in einem Kessel über dem Feuer, mische den Tee mit Milch und Honig.

Ich habe eine kleine Tochter und brauche das Geld, das ich hier verdiene. Wir leben auf einem Bauernhof in der Priegnitz. Seit meiner Schulzeit in Berlin haben meine Freunde und ich davon geträumt. Vor drei Jahren haben wir diesen Traum in die Tat umgesetzt. Wir renovieren den Hof in der Lehmbauweise und ernten unser eigenes Gemüse. Wenn man auf dem Land lebt, ist es schön, in die Stadt zu fahren. Ich kann die Stadt nur genießen, wenn ich ihr nicht ausgeliefert bin.

ICH HEISSE KOSTICA MOCANU, der Name kommt aus Rumänien, wa? (*Seine Mutter nickt.*) Wir waren eben im Kaufhaus, bei Woolworth und haben Weihnachtsgeschenke gekauft. Ein Parfüm für meine Tante von Laura Biagotti, das trägt sie immer, die ist verrückt danach. Und als wir an der Kasse standen, hat uns die Frau noch zwei Pröbchen in die Tüte getan, einen Duft von Hugo und einen von Kaschmir oder wie das heißt. Den von Hugo hab ich schon ausprobiert. (*Er riecht an seinem Handrücken.*) Na ja, das stinkt 'n bisschen!

Als wir in die Spielwarenabteilung gegangen sind, hab ich den Fisch hier gesehen, der ist aus Glas – fünf Mark! (*Er wickelt die Figur aus dem knisternden Papier und hält sie gegen das Licht.*) Und weil ich Fisch bin als Sternzeichen, hat meine Mutter ihn mir gekauft. Den stell ich auf meinen Schreibtisch. Und dann hab ich noch einen Walkman bekommen mit Batterien und eine Actionfigur, so einen Space Robot mit Commander.

Den hab ich im Regal gesehen und dann hab ich mal nachgefragt. Und ich durfte ihn haben, weil ich im Moment in der Power-Ranger-Phase bin. Das ist so 'ne Serie, wo ganz normale Teenager sich verwandeln können in so 'ne komischen Roboter, die kämpfen dann. Den letzten Star Wars hab ich auch gesehen, der war gut, aber ich kann mich nich mehr so genau erinnern, was eigentlich drin vorkam. Doch, da war dieses Rennen ... das war aber nicht so besonders. Einen Schlafanzug hab ich noch bekommen, aber nicht zu Weihnachten, sondern weil meine andern alle kaputt sind. Meine Mutter sagt immer, dass ich 'ne Schlampe bin, (*seine Mutter nickt*), weil ich immer im Schneidersitz sitze und dann reißen die Nähte. Und je öfter man die näht, desto schneller reißen die wieder.

MEEN NAME IS GERTRUD RIKUS und meene Tüte is die reinste Wandaapotheke. Ick hab Tabletten jejen allet dabei. Und frische Wäsche, Büstenhalter und Schlüpper, so 'nen

warm' für Omas – damit ick nich stinke im Krankenhaus, wenn mir mal wat passiert. Ick hab Knochenschwund, 'n Puckel und jroße Brüste, die ziehn mir so runta, dass ick keene Luft krieje! (*Sie bittet die Dame hinter dem Tresen, einen Moment lang die Tür aufzumachen. Die Dame zögert.*)

Also eens muss ick sajen: Die Nutten, die ham manchmal mehr Herz wie die andern. Eenmal stand ick so japsend an de Oranjenburjer Straße. Da fracht mir eene: Willste dich 'n Moment hinlejen? Sach ick: Ja – und dann hab ick eene Stunde uff ihrem Sofa jelejen und sie hat draußen uff Kundschaft jewartet. Dit war nett! Ick bin och mal anschaffen jejangen, die Arbeit is mir nich schwer jefallen. Und süß sah ick damals aus, wie 'ne Puppe. Den Honecker, den kannt ick persönlich. Een guter Mann.

Leichenwäscherin bin ick ooch mal jewesen, hab nich schlecht verdient. Aber der Chef konnte mich nich leiden. Ick bin halt 'ne echte Berlinerin, immer direkt. Also wenn ick Ihnen wat raten darf: Jehen se nie in een Altersheim, dit is schrecklich! Da hocken die janzen Alten und lassen sich ausnehmen wie Weihnachtsjänse.

Eene Schwester, die hat wat aus meenem Portemonnee jenommen, also nee, beklauen kann ick mir selba. In meenem Zimmer bekomm ick immer Platzangst, Fernsehen kann ick nich mehr, da tun mir die Oogen weh. Deshalb rett ick mir in dit Café oder in das Restaurang jejenüber. Da sitz ick dann von zehn Uhr morjens bis ein Uhr nachts, trink een bisschen wat und quatsch mit die Leute.

ICK BIN'S NOCH MAL, GERTRUD RIKUS. Das Wichtigste hab ick vergessen: meenen OdF-Ausweis! Ick bin 'n Opfer des Faschismus. Meene Mutter is vergast worden in Ravensbrück, meene Schwester ooch. Ick hab mit 'nem Aufseher was anjefangen, der hat mich loofen lassen. Die Jüdische Jemeinde zahlt mir 2000 Mark zusätzlich zu meener Rente. (*Sie winkt, die Dame hinter dem Tresen bringt einen Schnaps und einen Teller Schlagsahne.*) Dit is teuer hier, ohne den Zuschuss könnt ick hier nich sitzen.

Meene Nachbarin fährt am Wochenende immer zu ihre Familie. Und wo soll ick hin? Ick wollte imma sechs Kinder.

Aber die Nazis ham mich ja sterilisiert. Ick hab noch die Narbe am Bauch, die kann ick Ihnen zeijen, den Adolf-Hitler-Schnitt. Eenmal hab ick so eenen Nejerjungen uff der Straße sitzen sehn, der hat jeweent. Da hab ick ihn mit zu mir jenommen. Da kam die Polizei, meente: Ick hätte dazu keen Recht! Aber wenn ick noch mal so een kleenen Jungen finde, dann steck ick ihn ein. Er darf nur nich zu jroß sein.

Neulich ham se bei uns einjebrochen, der eenen Oma ham se 'ne Pulle uff 'n Kopp jehaun, die liecht noch im Kran‐

kenhaus. Und inner Grünanlage, da hamse 'ne Nutte jefunden mit durchjeschnittner Kehle. Dit is een schlimmet Viertel, die jungen Leu‐te, die herziehen, die ham ja keene Ahnung! (*Die »BZ« liegt aufgeschla‐gen neben der Schachtel mit den Beruhigungstabletten.*) Wenn eener mich fracht, wie er mir helfen kann, dann sag ick immer: Helfen se mir sterben! Ick bin jetzt einun‐achtzich, und dit is nicht jerade schön, alt zu sein. Dit is doch keen Leben, nee, dit is keen Leben mehr. (*Sie steckt ein Löffelchen Schlagsahne in den Mund.*)

ICH BIN BILJANA SRBLJANOVIC und gestehe: Ich habe eine Tasche von Prada. Weil Miuccia Kommunistin ist! In der Tasche ist mein Terminkalender, im Schutzumschlag steckt ein Bildchen des heiligen Anton. Ich bin Agnostikerin. Nein, ich bin ein Freelancer der Religion. Es hängt von meiner Laune ab – und von den Feiertagen. Manchmal bin ich Buddhistin, manchmal Katholikin. Und inzwischen bin ich die einzige Serbin, die den 8. März noch feiert. Das war der Tag, an dem Clara Zetkin eine Demonstration für die Gleichstellung der Frau organisiert hat. Oder war es Jeanne d'Arc?

In der Mitte des Kalenders ist ein Faltplan von New York. Seit fünf Jahren war ich nicht mehr da, aber die meisten Straßennamen weiß ich noch auswendig. Auf dem Blatt daneben habe ich versucht, mich an die Geheimzahl meiner Kreditkarte zu erinnern. Vergeblich. Ich habe so ein kleines Mäppchen, wie die Schulmädchen es lieben. Und einen großen Radiergummi mit dem Porträt von Molière. Er ist aus dem Geschenkeladen der Comédie Française. Zuletzt habe ich ein falsches Jahrhundert ausradiert, als ich ein Seminar über Platon geben musste.

Den Tesafilm brauche ich, falls der Saum von meiner Hose gerissen ist, und ich gerade keine Zeit habe, ihn zu nähen. Ich habe diese großen Füße, und wenn ich mich anziehe, dann hange ich immer irgendwo fest und befreie mich mit Gewalt. Denn ich bin ungeduldig, sehr ungeduldig! Alle Dramatiker, die auf dem Festival für neue Dramatik an der Schaubühne vorgestellt werden, sind im Hollywood Hotel untergebracht. An jeder Zimmertür hängt das Plakat eines Filmstars. Ich bin im Zimmer von Betty Davis, gegenüber ist das Zimmer von Grace Kelly. Und ich frage mich die ganze Zeit: Wo ist hier die Gerechtigkeit?

ICH BIN MICHAEL NAUMANN und in der rechten Manteltasche habe ich einen Autoschlüssel, einen Fahrradschlüssel und das Besuchsprogramm der Staatsvisite von Gerhard Schröder in Washington, wo ich auch dabei war. Da sind nicht nur die Telefonnummern aller Beteiligten aufgelistet, da steht auch ganz genau die Wagenfolge der Abfahrt vom Flughafen zum Weißen Haus und wieder zurück. Ich bin mit dem Bus gefahren – schließlich bin ich jetzt wieder Journalist!

In der linken Manteltasche sind zwei gebrauchte Tempotaschentücher, ich habe also eine Erkältung. Eine Geldspange, das ist so eine Spange, wo Sie das Geld reinklappen. Kennen Sie das? Ich benutze sie, weil mir ein Portemonnaie zu groß ist. Hier ist noch eine Mark lose, und das ist alles. Gerade komme ich von einer Diskussion mit Julian Nida-Rümelin, Zettel brauche ich keine, mein Buch trage ich einfach in der

Hand. Es heißt »Die schönste Form der Freiheit« und versammelt Vorlesungen über Kultur und Kulturpolitik, die ich an der Universität in Frankfurt an der Oder gehalten habe, dann noch einige unveröffentlichte Essays und Reden sowie ein neues Vorwort. Ich setze mich mit Schillers »Ästhetischen Briefen« auseinander, mit Platons »Politeia«. Es geht um Kultur als niemals abgeschlossenes, prozessuales Selbstgespräch der Gesellschaft – das wäre knapp die Inhaltsangabe.

Meine Aktentasche habe ich nicht dabei. Früher waren da Akten drin, heutzutage sind es wieder Bücher, manchmal auch Zahnbürste und Zahnpasta. Im Augenblick lese ich zwei Bücher über die aktuellen Entwicklungen zwischen Deutschland und Amerika, zwei ganz neue, die Titel sind mir entfallen.

ICH BIN DER ROBERT und komme vom Waschsalon. In meiner Tasche sind Socken, Unterhosen und ein paar T-Shirts. Das eine ist bedruckt, da fidelt der Tod auf einem Knochen, die Menschen drücken sich ängstlich in die Ecke. Leider ist das Loch an der linken Schulter größer geworden, aber wenn ich meine Weste drüber ziehe, dann sieht man's nicht. Meine Waschmaschine hab ich verscherbelt, weil ich nächste Woche mit meinem Moped nach Portugal fahre!

Die Amigos, die haben da ein Stück Land gekauft. Und ich werde Mandelbäume pflanzen, eine Terrasse bauen. Ich habe eine Gärtnerlehre gemacht, und ich hätt sie auch abgeschlossen, wenn ich mir nicht einen Bruch gehoben hätte, so kurz vor der Prüfung. Ich muss auch mal etwas Gutes für mich selbst tun. (*Er lacht, schließt rasch wieder den Mund.*) Wenn ich nicht auf die Demo gegen die Faschos gegangen wär, dann hätt ich noch ein paar Zähne mehr.

Ich hab immer Politik von unten gemacht und viel kritisiert, wo sonst nur weggeguckt wird. Und dann muss man sich auch noch beschimpfen lassen als Schmarotzer, als autonome Zecke! Ich hab mit den Ärmsten der Armen gelebt, ich hab eine Volksküche aufgemacht in Köpenick. Wo jetzt die Wagenburgen stehn. Ein Jahr hab ich an der Einrichtung gebaut, und die haben sie mir kaputt geschlagen, weil ich mich geweigert hab, Alkohol auszuschenken.

Was wissen schon die Schickimickis, die jetzt in den Prenzlauer Berg ziehen? Was wissen die von den Leuten, die sie hier wegrenovieren? Vor dem Haus, das ich vor ein paar

Jahren mit meinen Kumpels besetzt habe, parkt jetzt ein silberner Porsche. Überall sind leere Restaurants mit Fenstern, die bis zum Boden gehn. Damit die Leute da drinnen auf den ersten Blick sehen, dass du kaputte Schuhe hast. (*Er spuckt aus.*)

Im letzten Winter habe ich die Karla bei mir aufgenommen, die lief mit Sandalen herum bei den krassesten Minusgraden. Sie sah aus, wie ich mir meine Tochter vorstelle. Neun Monate haben wir zu zweit von meiner Sozialhilfe gelebt, vor ein paar Tagen war sie dann plötzlich verschwunden. Ich bin seit zehn Jahren in Berlin, und ich kann nicht mehr. Der Lärm, der Gestank. Die Leute, die hier leben, die sind doch alle krank, die haben kein corazon.

ICH HEISSE DEZSÖ SZTANKAY und in meiner Tasche ist eine Ausgabe der »Traumdeutung« von Sigmund Freud. Neben dem Bett liegt ein Block, und wenn ich aufwache, notiere ich gleich, was ich geträumt habe. Ich bin Zahnmediziner und besitze eine Praxis in Steglitz. Es macht Spaß, mit Hilfe der neusten Technik etwas erschaffen zu können. Es geht mir um funktionale Schönheit, wenn ich einen ausgefallenen Zahn ersetze, eine Füllung aus einem Keramikblock herausschleife und so anpasse, dass man keinen Unterschied sieht zu den gesunden Zähnen. Das ist fast wie eine Juwelierarbeit.

Einmal fragte mich ein Mann, ob ich ihm einen Brilli in den rechten oberen Schneidezahn einsetzen kann. Ich hab ihn nicht ernst genommen und gesagt: Na klar! Und dann hat er eine kleine Papiertüte, die mit Brillanten gefüllt war, auf meinem Tablett ausgekippt. Ich sollte mir einen aussuchen und eine Fassung aus Gold anfertigen, die wir dann eingesetzt haben. Leider ist der Mann ziemlich finster, der lächelt selten …

Was mich an meinem Beruf stört, sind die staatlichen Zugriffe auf die Versorgungsmöglichkeit der Patienten, die Ängste, die sie auf mich projizieren, der hohe Zeit- und Kostendruck, dem ich täglich ausgesetzt bin. Mein Traum wäre es, einmal in Florenz zu arbeiten, in einem alten Palazzo, in dem nichts steht außer einem einzigen Behandlungsstuhl. Es müsste ein sehr hoher Raum sein mit abblätternden Fresken an den Wänden. Die technische Ausstattung wäre auf das Wesentliche beschränkt, es gäbe nur wenige Patienten, aber genug Zeit und Muße, sich der jeweiligen Sache hinzugeben.

HALLO, ICH BIN CARL HEGEMANN, habe »Die Erniedrigten und Beleidigten« von Dostojewski in der Tasche und ein paar Zeitungen. Die Volksbühne beginnt heute mit der Ausrufung der liebeskranken Gesellschaft in Berlin, und die Berliner Seiten der »FAZ« haben sich das Thema gleich zu Eigen gemacht. Man sieht eine Grafik – die Phasen der Liebeskrankheit als Standardkurve: Vom Schmerz über die Wut zur Enttäuschung, bis es vorbei ist und wieder von vorne losgeht.

Es handelt sich um ganz archaische Trennungsqualen, den Verlust von Menschen und Obsessionen. Wir behaupten, dass man zu diesen

Leiden stehen und darüber kommunizieren muss. Zum Kongress haben wir über hundert Experten eingeladen, zum Beispiel einen italienischen Ethnologen, der magische Praktiken vorschlägt: Wenn's nicht klappt, noch mal versuchen!

Alexander Kluge will aus diesem Anlass einen imaginären Opernführer machen, mit den schönsten Arien der Gekränkten und Verlassenen. Das Ganze ist eine subversive Geschäftsidee und wird eingetragen als Warenzeichen: Love Pangs. Das wird eine Massenbewegung, da bin ich mir ganz sicher.

(*Er kramt ein paar Papiere aus einer Tasche mit der Aufschrift: Doggy Bag.*) Das hier ist ein Aufsatz, den ich vor zwanzig Jahren geschrieben und im letzten Leporello noch mal verbraten habe: »Warum trennt man sich, obwohl man sich liebt? Die Antwort ist einfach: Aus Angst vor dem Tod. Denn Liebe ist die Sehnsucht ins Ungebundene. Ihre Erfüllung ist tödlich. Entweder für die Liebe oder für die Liebenden. Was bleibt, ist die unglückliche Liebe. Sie hält uns am Leben und ist das einzige Glück, das wir haben können. Niemand ist zu hässlich, niemand ist zu schön, niemand ist zu jung, niemand ist zu alt.«

ICH BIN ITAL FAYMANN und in meinem Rucksack ist eine Mütze, die ich meinem Klassenkameraden weggenommen habe. Er heißt Dennis. Er will was von mir, aber ich will nichts von ihm. Umso mehr macht es mir Spaß, ihn zu ärgern. Heute haben wir eine Schneeballschlacht gemacht in der Pause, und fünf Jungs sind hinter mir hergerannt und haben mich eingeseift. Ich hatte Schnee im Kragen und war total nass, als wir zurück ins Klassenzimmer mussten. Ich bin immer ziemlich frech – zumindest zu den Jungs, bei den Lehrern schmeichel ich mich ein.

Heute hatten wir Mathe, Deutsch, Geschichte, Russisch und Hebräisch. Ich hab aber nicht so aufgepasst, weil Johanna, Sigme und ich uns Briefchen geschrieben haben. (*Sie zieht einen Zettel aus einem Heft, der kreuz und quer mit lila Tinte beschrieben ist.*) Die Johanna hat nämlich einen älteren Freund, der sie ins Bett kriegen will, und wir haben beraten, was sie tun soll. (*Am linken Rand steht: »Mann, doch nicht mit 13! Wenn er es versucht, dann gib ihm eine Schelle und mach Schluss!« Darunter: »Aber ich liebe ihn doch!«*)

Die Jungs in meiner Klasse interessieren mich eigentlich nicht, die sind alle so klein. (*Eine der Zahnspangen tragenden Klassenkameradinnen in ihrem Gefolge flüstert ihr etwas ins Ohr, beide lachen.*) Nein, das sag ich jetzt lieber nicht. (*Sie zieht ihre Hand aus der Manteltasche und zeigt einen Lipgloss.*) Der ist mit Bananengeschmack. Ich hab auch noch Erdbeer, Vanille, Aprikose, Mango und Blaubeer.

MEIN NAME IST EDGAR EDUARD HERBST. Heute habe ich zwei Kameras dabei, ein Blitzgerät, vier Objektive und drei hoch empfindliche Filme, eine Quittung über einen schlechten Fisch, den ich heute Mittag gegessen habe, und eine Bierflasche auf Vorrat, weil ich die Gastronomie in diesem Laden unterirdisch finde. Dann habe ich die Geschichte von Joachim Bessing über Biolek in meiner Tasche, das Original hat er mir geschenkt, weil ich gefragt habe, wo gibt's das zu lesen. Das ist also durchaus was Prominentes, was sich in mir befindet.

Ich bezeichne mich als Gesellschaftsfotograf, wobei ich den Begriff »Gesellschaft« weiter definiere als die Medien, für die ich arbeite. Wenn man den Markt einfach nur bedient, dann kommt man schnell auf die Society-Schiene, wie man es heute so billig nennt. Ich war lange für »Gala« unterwegs, aber ich habe immer versucht, mein Auge auch zu zeigen. Dass ich zumindest beim Wiener Opernball auch das Gefühl des Tanzes rüberbringe und nicht nur das Gefühl von Fratzen. Aber der Glamour ist tot – selbst der Wiener Opernball ist eine einzige Spelunke, weil die Leute, die dort hingehen, dem Ambiente nicht gerecht werden.

Ich kann das nicht mehr ertragen, weil man an der Menschheit vorbeigeht. Und deshalb halt ich zwischendurch Kontakt zu Autoren wie Joachim Bessing, wir haben mal einen Fotoroman gemacht: Bruder und Schwester verlieben sich in denselben Mann. Das war sehr schön! »Max« hat mich beauftragt, nach der Lesung vor allem Moritz von Uslar und Rainald Goetz zu fotografieren. Die umarmten und die küssten sich. Und ich weiß schon die Bildunterschrift: Symphonie in Orange.

HALLO, HIER IST NOCH EINMAL EDGAR EDUARD HERBST. In meinem privaten Zitate-Album steht ein Satz von Robert Cappa, dem bekannten Kriegsfotografen: Wenn ein Bild nicht gut ist, dann war man nicht nah genug dran! Mein Annäherungsversuch ruft zwei Arten von Verhalten hervor: Entweder ist es prahlerisch, also Selbstdarstellung in vollendeter Form, oder scheu und abwehrend. Wenn sich einer bedrängt fühlt, würde ich auf halbem Weg umkehren, aber trotzdem noch aus der Hand weiterfotografieren. Wenn einer sich ausdrücklich verweigert, würde ich nicht weiterfotografieren, oder nur unter höchstem Ekel.

Durch meinen Beruf habe ich schon viele Menschen in fröhlicher Bedrängnis erlebt, zum Beispiel wie irgendein Graf irgendeiner Dame den BH öffnet und dabei mit koksunterlaufenen Augen, zu nichts mehr fähig, mir in die Kamera lacht. Ich habe die Bilder nie verwendet, ehrlich gesagt vor allem deshalb nicht, weil ich die Negative verschlampt habe. Aber seitdem ist dieser Graf sehr offen zu mir und toleriert viel. Neulich war ich für eine Reportage in seinem … Biep bei … Biep, der hat funktioniert, der Gute, das war so richtig – ahhhh!

Ich bin ja auf diesen Glamour abgerichtet von meinem eigenen Geist her. Glamour ist die Seele von etwas, und die kann nur in der Kunst liegen und im Publikum, wenn die sich miteinander austauschen, dann glänzt etwas. Im Grunde ist Glamour eine angespiegelte Seele mit einer Illusion, denn jede Seele braucht Illusion. Ein Bergarbeiter aus dem Ruhrgebiet kann mit dem Wort »Glamour« nichts anfangen, aber er kann von Schönheit sprechen.

MEIN NAME IST ALEXANDER VON SCHÖNBURG. Ich finde es wahnsinnig unangenehm, mit ausgebeulten Taschen durch die Welt zu gehen, und versuche neurotisch, sie zu leeren. Hat man in ein leichtes Jackett von Brioni einmal, nur einmal einen Schlüssel gesteckt, dann wird man das ewig sehen. Deshalb lasse ich die Taschen zunähen, um gar nicht erst in die Versuchung zu kommen. Ich leiste mir den Luxus, eine Frau zu haben, und meine Frau hat eine schöne Handtasche, in die ich alles, was mir überflüssig erscheint, hineinschmeißen kann, Zigaretten zum Beispiel oder das kleine Etui mit den Kreditkarten.

(*Er nippt an seiner Tasse.*) Der neueste Trend ist ja, heißes Wasser zu trinken. In Beverly Hills macht das jeder, aber in Berlin hat sich das noch nicht herumgesprochen. Wenn man am Alexanderplatz vorbeifährt, fällt der Blick auf ein Riesenplakat: Do you feel evian? Und die Antwort lautet: Natürlich nicht! Ich fühl mich beschissen, mein Pullover ist vollgeraucht, ich hab Kopfschmerzen.

Deshalb freu ich mich schon auf die Fastenzeit vor Ostern, in der ich nur Gemüsesuppe zu mir nehme, selbst gemachte Säfte und Sellerie, um mal so richtig zu entgiften.

Durch eine Ausrichtung auf etwas Höheres hat man mehr Kraft, so etwas durchzuhalten – opfern sozusagen! Bis zum 2. Vatikanischen Konzil musste man jeden Freitag fasten, das ist leider aus der Mode gekommen. Nichts steigert die Lust so sehr wie Entsagung. Und das ist das Problem einer Generation, die mit dick beschmierten Nutellabrötchen aufwachsen musste und Ekstase als Bestandteil des normalen Unterhaltungsangebots erlebt. Askese muss man lernen, das ist ein absolutes Lifestyle-Geheimnis!

ICH HEISSE IRENE und in meiner Tasche ist ein schickes Nachthemd, klasse Unterwäsche und ein sexy Paar Schuhe, dann ein Buch von einem Amerikaner, »Infinite Chest«, ein irres Ding! Ich hab es schon durch, jetzt kriegen es Freunde. Es handelt von der Generation, die vor zehn Jahren jung war, und die Thematik geht dahin, dass Sucht sowohl im Tennisspielen liegt wie auch in der normalen Drogensituation, da gibt es ganz intelligente Verknüpfungen unter den Figuren und sehr tapferes Durchstehen eines Protagonisten, der clean geworden ist und in einer Notlage gezwungen wird, durch Operation und Chemie in die Sucht zurückzufallen. Wahnsinn!

Dann habe ich hier noch einen Trivialroman für die Reise, den muss ich nicht nennen. Ich fahre zu meinem Geliebten nach Köln, wir pendeln. Ich selbst bin vor einem Jahr nach Berlin gekommen, weil ich hautnah erleben wollte, ob die Stadt gelingt. Das ist ein ganz wichtiges Aufbau-Agens, dass Menschen herziehen, die unverbrauchte Energien und eine Vision haben, die der geschundene Berliner nicht aufbringen kann. Ich wünsche mir, dass die Stadt verrückte Glanzlichter bekommt, und dass die ganzen Denkgruppen erhalten werden, die im Augenblick hier sind. Also nichts Zentralisierendes! Eine Chance wäre, wenn dieser Ort eine echte intellektuelle Gastlichkeit für seine Bürger geben könnte.

Ich fotografiere und wohne in einem Loft, wo ich Fotografien von jungen Leuten ausstelle, die gerade von der Hochschule kommen. Diese Brosche, wohl nachaztekisch, habe ich vor ein paar Jahren meiner Mutter geschenkt. Sie war eine halbe

Hexe, eine wilde und sehr einsame Frau. Nach ihrem Tod habe ich die Brosche wieder ausgegraben.

OLIVER SCHMACHTENBERG – *DAS STEHT AUF DEM NAMENSSCHILD*, das ich in den letzten Tagen tragen sollte. Ich komme gerade von einer Konferenz aus Frankfurt, wo sich junge Leute aus der Start-up-Szene getroffen haben. In der Tasche meiner Anzugjacke sind die Visitenkarten, die ich

dort gesammelt habe. (*Er öffnet sein Etui und freut sich.*) Es sind an die dreißig Stück. Diese hier hat mir der Managing Director einer Werbeagentur überreicht, nach seinem Vortrag über den »Goldrausch« der New Economy.

Wir haben dazu einen Ausschnitt aus dem Film von Charlie Chaplin gesehen, und das war sehr interessant, diese hektische Stimmung und wie dann alle losziehen mit ihren Spaten. Die meisten graben nur an der Oberfläche und werfen den Spaten wütend zu Boden, wenn sie nicht schon nach ein paar Minuten auf eine Goldader gestoßen sind. Und so ist das in der New Economy auch. Die Euphorie ist vorbei, und man freundet sich wieder damit an, mit Arbeit sein Geld zu verdienen.

Viele erleben das Internet inzwischen als ein Sammelsurium von Informationen, die man nicht braucht oder nicht findet, wenn man sie braucht. Den Agenturen im E-Commerce dämmert allmählich, dass man aus Dreck kein Gold machen kann – so wie es den Alchemisten im Mittelalter erging. Dennoch bietet das Medium großartige Möglichkeiten.

Und mit dem richtigen Business-Modell, einem Markenzeichen, guten Kommunikationsstrukturen, mit Erfahrung und Zeit kann man eine solide Firma aufbauen. Auf dem Paper des Managing Directors steht: »Jeder bricht auf mit seinen Wünschen und Träumen, das Ziel ist Erfolg und Reichtum, und das ganz schnell. Aber nur die Hellsten und Härtesten kommen durch in der unbekannten, kalten Welt.«

ICH HEISSE TIM STUCHTEY und in meiner Tasche sind Parteitagsunterlagen vom Bundesparteitag der FDP in Düsseldorf. Es sind zwei Anträge, die ich selbst geschrieben habe. Der eine, ganz trocken, bezieht sich auf die Besteuerung von Aktienoptionen, der andere handelt von der Autonomie der Hochschulen. Ich bin hochschulpolitischer Sprecher der FDP. Es war mein erster Parteitag, und dann gleich so einer! Die Stimmung war toll, der Streit um die Frage der Kanzlerkandidatur war spannend, und Guido Westerwelle hat eine wirklich tolle Rede gehalten, wo er gesagt hat: Ich bin jetzt der neue Chef, und wenn hier jemand als Spitzenmensch in die Wahl geht, dann bin ich das!

In meiner Jackentasche steckt noch der Block mit den Stimmzetteln. Insgesamt haben wir 17-mal abgestimmt, aber den Stimmzettel 17 haben alle Delegierten zerrissen, weil über das »Projekt 18« von Jürgen Möllemann auch mit dem Stimmzettel 18 entschieden werden sollte. Beim letzten Fototermin im Landesvorstand wurden wir gebeten, das laut und deutlich in die Kamera zu sagen: Dass die FDP bei der nächsten Bundestagswahl 18 Prozent der Stimmen holen wird! (*Er wiederholt eine Geste, die sprunghaftes Wachstum anzeigen soll.*)

Hier, in der großen Tasche sind zwei Anzüge, die ich mir neulich gekauft habe, ich habe aber extra darauf verzichtet, einen Schlips mitzunehmen. (*Lachend.*) Ein Liberaler versucht zu rebellieren, was macht er? Er trägt keinen Schlips! Zwei Drittel aller Schlipse in Düsseldorf waren übrigens blaugelb. Was habe ich noch? Oh – meine Dissertation mit dem bezeichnenden Titel »Die Finanzierung von Hochschulbildung« und leider noch den Schlüssel vom Hotel Minerva, Zimmernummer 33.

ICH BIN PALMA KUNKEL, DIE SINGENDE TELLERMINE. Und dieser runde Koffer geht immer mit, wenn ich reise. (*Sie legt ihn auf ihre bloßen Knie und lässt die Schnallen aufspringen.*) Und in dem Koffer ist der Frühling. (*Sie hebt den Deckel einer grünen Dose, in der zwei goldene Vögel sitzen und zwitschern.*) Die Vögel hab ich letztes Jahr in New York entdeckt, in einem Laden, wo es Spielzeug gibt und Zirkussachen. Wir ergänzen uns gut: Ich freu mich, wenn sie singen, und sie singen vor Freude.

(*Sie hebt den Deckel einer schwarzen Dose, auf die zwei Papageien gemalt sind.*) Hier sind Farben drin, weil ich es gern bunt mag. Ein paar Nelkenzigaretten, für die mondäne Pose der Chanteuse, weil ich rauch ja gar nicht. Ein Herz aus Stein, das hab ich, glaub ich, mal auf Hiddensee gefunden, und das da, (*sie nimmt ein Herz aus rosa Plastik*) das hat mir jemand nach dem Auftritt geschenkt.

Dann gibt's noch eine getrocknete Hasenpfote mit ausgefahrenen Krallen, eine echte, das war mal ein Hase, den ich als Kind hatte und der von einem Marder gefressen wurde. Und das war das Einzige, was von ihm übrig geblieben ist ... Ach, ja! (*Sie klappt den Koffer wieder zu.*) In meinen Liedern reise ich nach Paris, ins Osmanische Reich, auf den Mond, nach Leipzig, Japan und Ladakh.

Aber am Ende komme ich immer wieder hierher zurück, denn das letzte Lied in meinem Programm geht so: »Ich hab noch einen Kiffer in Berlin, der denkt an mich und das hat seinen Sinn. Und nächstens fahr ich wieder hin, denn halb umnachtet sitzt er und schmachtet, spritzt sich aus Verzweiflung Terpentin. Auf diese Weise lohnt sich die Reise, denn für den Kiffer ist im Koffer etwas drin.«

HAST DU NIE VON WOODY GUTHRIE GEHÖRT? Er lebte wie ein Landstreicher, sprang auf fahrende Züge, schlief zwischen Kühen und Hühnern, ging von Stadt zu Stadt und machte Musik. Von ihm ist dieses Lied. (*Er singt und pfeift den Refrain:*) This land is your land, this land is my land from California to the New York Island …

Ich bin kein Obdachloser, denn ich besitze einen Truck, der innen ganz mit Holz verkleidet ist. (*Ein etwa siebzehnjähriges Mädchen winkt ihm zum Abschied.*) Bye! See you later maybe! (*Leise zu sich:*) Sweet little thing! This land is your land, this land is my land from California to the New York Island …

Also ich bin David, aber meine Freunde nennen mich Dave. In meiner Tasche sind alte Zeitungen, Bananen und Kondome. Wie sie in der Armee immer sagen: Du musst auf alles gefasst sein! Du weißt nie, was passiert! In meinem Gitarrenkoffer sammelt sich der Krimskrams, den die Leute hineinschmeißen, wenn sie kein Geld haben: Ein Auto, ein Hufeisen, einen Roulettechip. Das war an Silvester, auf der Fähre nach Norwegen. (*Er kramt einen Schlüsselanhänger hervor, ein Parfümpröbchen.*)

Das würde ich gerne malen. Vielleicht male ich das eines Tages. (*Er zückt eine Postkarte, man sieht einen Schäfer, der seine Herde durch einen Fluss treibt. Im Nachthimmel blinken die Sterne.*) Ich liebe diese Art von Landschaft, ich habe lange in

Kanada gelebt, in einem Städtchen am Rand der Rocky Mountains.

Ich war mal Journalist bei einer großen Zeitung. Und davor war ich Hochleistungssportler. (*Lächelnd.*) Nein, nie habe ich irgendetwas trainiert. Und deshalb singe ich und lebe vom Singen, wovon sonst? Ich bin Straßenpsychiater, Straßendiplomat, Straßenkämpfer, Seelenretter und Liebhaber.

ICH BIN OTTO SANDER. Meine rechte Hosentasche ist etwas verstärkt, damit der Stoff nicht durchscheuert und das Kleingeld durch das Hosenbein auf die Straße kullert. Die Hose ist maßgeschneidert von meinem tapferen Schneider Wilkinson aus London, Hannover Street. Am besten sind reine Wollstoffe wie dieser hier, da halten sich die Bügelfalten am längsten. Ich habe auch ein paar Flanellmischungen, aber die muss man ständig bügeln. Vor dreißig Jahren, als ich anfing, in der Schaubühne zu spielen, hat der Wilkinson mir schon die Anzüge genäht. Vor ein paar Wochen war er in Berlin, da hab ich versucht, ihm ein paar neue Kunden zuzuführen, solche, die für diese Art von handwerklicher Sorgfalt noch einen Sinn haben.

Neulich traf ich auf einem Empfang in Zürich einen bekannten Verleger. »Sie tragen einen Anzug von Wilkinson«, sagte ich. »Woher wissen Sie das?«, fragte er sichtlich erstaunt. Ich klappte sein Revers um und da war sie, diese winzige Schlaufe! Wissen Sie, früher hat man sich in sein Knopfloch manchmal eine Nelke gesteckt oder eine Rose, und damit der Stängel nicht so vorwitzig an der Seite herausschaut, hat Wilkinson jedes Revers mit einer Schlaufe versehen. Aber es ist lange her, dass ich mir eine Rose ins Knopfloch gesteckt habe.

Ich wollte mal eine Inszenierung machen mit Kostümen von Vivienne Westwood. Auch das ist lange her. Was man isst und trinkt, wie man sich kleidet, was man sagt und wie man es sagt, das sind doch wichtige Fragen. In der Brusttasche meines Jacketts trage ich ein silbriges Etui für meine Lesebrille, eine alte Berliner Arbeiterbrille, von Armani kopiert – denn Lesen ist ja Arbeit, eine schwere Arbeit sogar.

(*ES KLINGELT.*) *GUTEN TAG, DORIT BUSCH.* Ich wollte meinem Jüngsten mal die Wohnung zeigen, in der ich meine Kindheit verbracht habe. Darf ich? (*Sie treten ein.*) Also hier war früher die Küche, das Klo war im Treppenhaus. Hier war det kleene Zimmer, mein Bett stand am Fenster. (*Sie schaut hinaus.*) Vor dem Einschlafen habe ich immer die Prügeleien vor dem altdeutschen Ballhaus beobachtet. Da hab ich meinen ersten Walzer jetanzt.

Schräg gegenüber war 'n Bäcker, und wenn wir 'ne Schrippe haben wollten, 'ne Schnecke haben wollten, Frau Hackbarth hat aufjeschrieben, und wenn die Eltern jekommen sind, wurde die Rechnung präsentiert. Auf dem Kohlenhof wurden Eisstangen verkauft. Eine viertel Stange kam auf 'n Groschen. Und wenn's schön heiß war, ham wir die mit dem Pickel klein jemacht für 'ne Eisschlacht, ja so schön inne Klamotten rin.

Wo jetzt das Restaurant drin ist, da war der Frisör, der hat mir die Zöppe abjeschnitten, als ich dreizehn war. Ich musste die immer hochheben, wenn ich mich hinsetzen wollte. Um die Ecke war 'ne riesengroße Ruine, da is 'ne Phosphorbombe rinjejangen in den letzten Kriegstagen, und in der kleinen Auguststraße, da war doch 'n Kuhstall, da konnte man frische Milch holn, und das Witzige war, wenn ick von meiner Mutter rote Schleifen jekricht habe, sind die Truthähne immer auf mich losjejangen. Die ham jehackt, die Truthähne, die warn sehr intensiv jewesen. Meine Mutter musste arbeiten, und in dieser Jejend warn überwiegend Schlüsselkinder. (*Sie zieht einen rostigen Schlüssel aus der Tasche.*) Den musste man reinschieben in das Schloss, dann ein Stückchen raus, dann nach rechts, dann zurück, links rumschließen, und schon war man zu Hause!

IN DER WEISSEN TÜTE SIND SÜSSIGKEITEN, bald ist ja Weltkindertag und ich habe vierzehn Enkelkinder. Das hier ist mein siebter! (*Der Sohn lächelt verschmitzt.*) Mit 18 hab ich jeheiratet, da bin ich mit meinem

Mann in die Invalidenstraße jezogen. Seit '82 wohn ich in Marzahn. Früher hab ich bedauert, dass ich aus Mitte weg bin, aber wenn ich mir jetzt alles so angucke, die neuen Herrschaften mit ihren Köfferchen, möchte ich nicht mehr zurück, nee, nee. Aber det warn schöne Zeiten jewesen für uns Kinder. Wenn wir Rollerrennen jemacht ham bis zur Sektorengrenze.

Was hier gewohnt hat und in der Joachimstraße, det war allet eine Clique. Und am besten ham wir's '53 bewiesen, beim Aufstand, dass wir eine Clique sind. Da unten stand ein Panzer, die Soldaten sind mit Maschinenpistolen rumjeloofen. Wir ham die nicht verstanden, die ham uns nicht verstanden, aber das russische Konfekt hat wunderbar jeschmeckt. Und unsere Eltern ham sich riesig jefreut, denn wir waren ständig von oben bis unten mit Läuse befalln, da gab's einen Petroliumkopf nach dem andern. Manchmal mussten sie uns von der Polizei abholen, wenn wir zu lang unten warn. Um zehne musste ja alles verdunkelt sein, und niemand durfte mehr auf die Straße, nur mit Sondergenehmigung – der Möbius, det war nun eener, der hatte 'ne riesengroße Klappe, da kann ich mich nun jut dran erinnern, weil er auch jerne mal eenen jetrunken hatte, der Mann. Der meinte, es kann nicht sein, dass er nicht schalten und walten kann, und hat leider Gottes sein Kopf aus der Haustür jehalten, das hat er nur ein Mal jemacht, das zweite Mal nicht mehr, da war die Rübe ab.

ICH BIN LARS LÖHN und habe keine Tasche dabei. Aber ich weiß, was ich gern in der Tasche hätte: Erstens eine Karte, die mir Zutritt verschafft zu allen Räumen, zu allen Menschen dieser Welt. Wenn ich sie in der Hand halte, entsteht ein klarer Ton, die Türen öffnen sich, und ich spüre sofortiges Vertrautsein. Wahrscheinlich gibt es bestimmte Frauen, die dagegen immun sind. Und da stünde ich dann ohne Karte da, und dieser ganze Schutz und Sonderstatus, der wär dann futsch! Ich fürchte, dass es immer so ist in den wesentlichen Sachen.

Zweitens ein Instrument, das Gedanken in Musik umsetzt und das du vor andere Menschen hinstellen kannst, um zu hören, was in ihnen vorgeht – bei Heuchlern würde es kreischen!

Drittens eine gedrungene Gorilla-Oma mit einer Panzerfaust, die Blumen auf ihrem Kleid sind lila und grau. Ich fänd's schön, ihr all die aggressiven Dinge des Lebens zu überantworten. Immer, wenn jemand mir Böses will, die Karte nicht funktioniert und das Instrument schreit, faltet sie sich origamiartig aus der Tasche, stellt sich auf meine Schultern und macht: Buh!

Viertens ein Höhlensystem, in das man sich zurückziehen kann, beschaffen wie die Kiemen bei Haien, Taschen, die sich erweitern, wo du so reinflutschst, immer tiefer. Ich würde das als Asyl anbieten, wenn jemand mal einen schlechten Tag hat, es wäre eine Art offener Mutterbauch, der ganze Häuser verschlucken könnte, oder auch Staaten in Not!

Und fünftens wünsch ich mir einen Tingplatz, wo meine Freunde sich ein Mal in der Woche versammeln. Bei den alten Germanen war das unter einem Baum, es könnte aber auch auf einem Boot sein oder an einem mythischen Ort, der sich ständig verändert.

MAX JAHN, 1912 JEBORN. Det ham se allet da hinjeschmissen, wie die Grenze uff war: Den Schmuck, det russische Jeld, die Orden von der Reichsbahn, für jute Dienste. Det hab ick uffjesammelt und an meine Uniform jenäht. Guck ma, an der Mütze ooch! Die ganzen Ohrdinger vonne Frauen alle, wa? Ick hab ja 'n Hörschaden, deshalb ham se mir ooch nich jenommen als Soldaten.

Mein Bruder is jefallen, Stalingrad, der war 'n echter Kommunist. Und deshalb ham se jedacht, ick bin ooch Kommunist, aber ick hab nüscht mit zu tun jehabt. Der Arzt sagte, untauglich für allet, und darum hab ick Schwein jehabt, haha! Aber einjesperrt ham se mir dann trotzdem elf Jahre, bloß, weil ick den Arm nich jehoben hab.

Ick hab jedacht, es ist warm draußen, richtig warm, aber ick hab kalte Hände. Wenn man 90 is, da hat man keine Hitze mehr. Ick hab doch meine Braut, die wohnt in der Lehrter Straße, da fahr ick zwei Stationen, zwei Mal in der Woche. Und dann kricht se von mir zehn Mark und noch mal zehn Mark. Meine Braut, die is 75, und wir sind schon 20 Jahre zusamm. Wir ham mal zusamm jewohnt, da ham wir beide inner Badewanne jebadet, det war immer schön!

Und dann ham se uns die Wohnung wegjenommen und mir ins Heim jestopft. Vier Heime sind's schon jewesen. (*Er holt einen vergilbten Artikel aus seiner Uniform. »Haus der Tränen« ist der Titel.*) Det Heim ham se uffjelöst, da warn se alle böse, det war so schön da oben, schönet Zimmer mit Balkon, da konnt ma rumloofen. Aber hier am Hackeschen Markt sind allet Rollstuhlfahrer, ach! Die kommen zuerst und werden jefüttert, und wir müssen immer eine Stunde warten. Das ganze Haus Frauen, nur zehn Männer, und alles mit 'n Rollstuhl.

ICH BIN EVA CORINO und in meiner Tasche ist ein Loch. In meiner Manteltasche, in meiner Jackentasche, in den meisten meiner Hosentaschen gähnt ein Loch. Ich weiß nie so genau, wo es herkommt. Aber es ist da und fordert seinen Tribut. Alles entfällt mir, und wer mich lesen will, muss nur den Brotkrümeln und Zehnpfennigstücken nachgehen, die auf der Straße zurückbleiben. Ich kann mich nicht verlaufen. Ich trage den Wald *und* die Lichtung in mir. Ich habe keine Angst vor der Leere. Mein Religionslehrer sagte immer, die Extreme berührten sich: Alles und Nichts.

Ich finde es interessant, was die verschiedenen Menschen sich merken können und was nicht. Ich habe ein Gedächtnis für Namen, Gesichter, den Wortlaut der nebensächlichsten

Gespräche. Aber mit der Telefonnummer meines Liebsten bin ich schon vollkommen überfordert. Ich glaube, bei ihm ist das umgekehrt. – Ich weiß, auf meiner Tasche ist ein Fleck.

Es könnte ein Rest Zahnpasta sein oder Milch, die ich beim Frühstück heruntergestürzt habe. Meine Mutter wollte, dass ich lerne, mich »mit geistiger Besonderheit« zu kleiden. Wie die Figur der Alpha in einem Stück von Robert Musil. Ich wollte aber nie die Frau bedeutender Männer sein, sondern die bedeutenden Frauen eines Mannes. Zwar habe ich immer Sachen getragen, die schön geschnitten waren und leuchtende Farben hatten. Korallenrot und Königsblau. Aber irgendwo war immer eine Kleckerspur oder ein loser Saum, etwas, das von meiner Nachlässigkeit zeugte. Weswegen meine Mutter mich früher immer »kleine Schmuddelkönigin« gerufen hat. Die Kraft, die mich diese Nachlässigkeit nicht kostet, kann ich vielleicht später mal gebrauchen.

Katrin Askan
Aus dem Schneider
Roman

1986, Ostberlin. Judith verbleiben nur noch wenige Stunden bis zu ihrer Flucht. In ihrem Elternhaus tastet sie sich ein letztes Mal durch die vertrauten Räume und Zeiten ihres bisherigen Lebens. Der Roman einer Flucht und des Erinnerns.

»*Katrin Askan erzählt einen aus Short Cuts bestehenden Familienroman über entscheidende Kapitel in unserem Jahrhundert. Eine Extremsituation sprachlich zu bewältigen – das ist gekonnt.*« Die Zeit

»*Das historische Moment erwächst allein aus der eminenten Treffsicherheit, mit der Katrin Askan die Stimmungen und Lebensdetails ihrer Figuren darstellt. Ihr Stil ist packend, weil er nur wenige Worte braucht, um sehr viel zu sagen.*« Süddeutsche Zeitung

Berliner Taschenbuch Verlag

Camilla Gibb
Worüber niemand spricht
Roman · Aus dem Englischen von Monika Schmalz

Die einfühlsame Geschichte über das Mädchen Thelma, das sich aus eigener Kraft von den bösen Geistern ihrer Kindheit und Jugend befreit. Für diesen Roman erhielt Camilla Gibb – nach Margaret Atwood und Michael Ondaatje – den renommierten Toronto Star Award.

»Gibbs Roman beginnt als kleine Geschichte, wird dann zu einem wortgewaltigen Flechtwerk aus unsentimentalen und dornigen Satzattacken, um schließlich als furchtbares und zugleich komisches Porträt zu enden, das über das Einzelschicksal hinausweist.«
The New York Times

»Trotz dieser quälenden Ereignisse bleibt die Erzählerin kühl und gerissen und erhellt das herzzerreißende Elend durch ihren spröden, spitzfindigen Humor.« Elle

»Sie werden keine leidenschaftlichere Stimme finden als die in Camilla Gibbs zornigem Debüt. Sie eröffnet den Blick auf uns selbst – auf das Gute, das Böse, das Begehren, den Schmerz und den unbeugsamen Humor, der in allen von uns existiert.« Vogue

Berliner Taschenbuch Verlag